小学館文庫

身代わり皇帝の災難

～後宮の侍女ですが、また入れ替わった皇帝の代わりに命を狙われています～

松田詩依

小学館

目次
もくじ

序〇章　皇帝、死の予言

拝啓　父上様
白の村のみんなは元気にしていますか？
私が静蘭の侍女として後宮に来てから早半年。色々あったけれど、私は元気です。

そこでぴたりと筆が止まる。

「あーっ！　駄目だ、なんにも思いつかない！」

筆を投げるように置き、白麗霞は頭を抱えた。

彼女は今でこそ大国朝陽の『天帝』と呼ばれる皇帝の妃の一人――に仕える侍女だが、元を辿れば超ど田舎豪族の一人娘。

年頃の娘らしい教養は身につけようともせず、山や田んぼをひたすら走り回って育った彼女は手紙を書く習慣なんて持ち合わせていなかった。

「あら、麗霞が手紙をしたためるなんて明日は嵐になりそうね」

「あの騒動があって返事をしそびれてたら『返事の一つでも書きなさい！』って、父上から涙の滲んだ手紙が届いちゃって……」

「うふふ、寂しがり屋な叔父様らしいわね」

唸っている麗霞を見守る菫色の瞳の美女は主人の游静蘭だ。

入内に伴い静蘭が従姉妹兼幼馴染みである麗霞をお供に選んだことが二人の後宮生活がはじまる切っ掛けであった。

「ねえ、静蘭が代筆してくれない？」

「残念でした。私は私で霞焔叔父様にお手紙を返さなくちゃいけないのよ」

静蘭の手には一通の文。

「父上から静蘭に手紙？　一体なんでまた」

「ふふ、私と叔父様にも色々あるのよ」

含み笑いをする幼馴染みに麗霞はじとりと疑いの眼差しを向ける。

確かに静蘭は麗霞の父と仲がよかった。酒を酌み交わしたり、なにやら二人で話し込むことも多かったように思える。なので文通をしていても不自然ではない。

が、麗霞が気にしているのはその内容だ。

「――あ、そうだ」

そんな麗霞の心を読むように、静蘭はにっこりと微笑みながらこう告げた。

「都で有名な凄腕の占術師が来ているみたいよ。よかったら貴女もいってらっしゃい」

「……占術？」

　ふと窓の外を見れば、侍女たちが浮き足だった様子で歩いているのが見えた。

「麗霞！　今、枢宮で凄腕の占術師が天陽様を占っているんですって！　一緒に見にいきましょう！」

　待ってましたといわんばかりに同僚の杏が部屋に飛び込んできた。

　なんだかあまりにも出来すぎている。

　麗霞がじっと睨めば、静蘭は笑みを浮かべたまま「どうぞ」と外を示した。

「……はあ。大人しく行けばいいんでしょう？」

「うふふ、運は私に味方してくれているようね。この話はまた今度ってことで」

　そういいながら静蘭は麗霞の肩を押し部屋の外に追いやる。

「いってらっしゃい、私の可愛い可愛い麗霞」

　半ば強制的に見送られ、ぱたんと扉が閉められた。

「杏、静蘭に買収されたでしょう」

「……お饅頭一箱ほどで」

　尋ねると同僚はすぐに白状した。

「してやられた。あの手紙、絶対に碌なことが書いてないな。後できっちり問いただしてやるんだから」

一体父は静蘭になにを伝えたのやら。どちらにせよ、また静蘭に弱みを握られること間違いなしだと、麗霞は重いため息をつくのであった。

＊

そんなこんなでやってきたのは枢麟宮。

東西南北、五つの宮に分かれた後宮の中央。皇后秀雅が暮らす場所だ。

その中庭にある大きな池の傍に小さな天幕が張られ、それを囲むように大勢の侍女たちが集まっていた。

「すっごい人だかり……」

「そりゃそうよ。朝陽一の占術師、笙紫鏡様があそこにいるんだから！」

朝陽は占術が盛んで、年頃の女子は皆占いが大好きだ。

なので凄腕の占術師が来訪すると知った侍女たちは数日前から浮き足立っていた。

そこで皇后は特別に一刻だけ侍女に暇を与え、枢宮を開放し見学を許したわけだ。

「みんな物好きだねえ」

「麗霞が興味なさすぎるのよ」

「でも、これだけ人がいたらなにも見えないよ。残念だけど、諦めて帰ろう」

「なにいってんの！　紫鏡様にお目にかかる機会なんてそうそうないんだから。ほら、行くわよ！」

「ちょっ……！」

杏は麗霞の腕を引き、ぐいぐいと人混みを掻き分け前進する。

天幕のすぐ傍までたどり着けば、そのすき間から中の様子が窺えた。

（――天陽様だ）

蠟燭が揺れる薄暗い室内に二人の姿が見えた。

片や外套に身を包みながら水晶玉を撫でる怪しい占術師、笙紫鏡。

片や蠟燭の明かりでもその美しさがはっきりとわかる穏やかな美丈夫。彼こそこの朝陽国の頂点に立つ天帝、天陽である。

「天帝様――いや。今だけは真の名、陽暁明様とお呼び致しましょう」

紫鏡は水晶玉越しに天陽を見やり、ふむ、と頷いた。

「これは、これは……」

ゆったりと言葉を紡ぎながら、紫鏡は天陽の瞳を真っ直ぐ見据えた。

占術の結果を周囲は固唾を吞んで見守り、枢宮は静寂に包まれる。

「今からひと月後――七夕祭りの夜。あなた様は死にます」

「天帝が死ぬっ!?」

思わず叫んだ杏の一言が後宮に激震を走らせた。

（天陽様が……死ぬ!?）

一言一句聞いてしまった麗霞は来るべき波乱を想像し頭を抱えたのであった。

第一章 身代わり皇帝、再び

「天帝が死ぬ!?」

占術の結果は瞬く間に後宮中に広がっていた。

「暁明が死ぬなど決してあってはならぬ！　総員、全力で守りを固めよ！」

「はっ！」

皇后秀雅の一声に近衛兵たちは声を張り上げた。

足並み揃えて警備に向かう。そんな彼らの目は気合いと殺気に満ち満ちている。

穏やかだった後宮は、たった半刻で緊迫感に溢れていた。

「この警備では駄目だな。慈燕と連携を取りつつ、もっと守りを固めねば……」

秀雅は思案顔で部屋の中を忙しなく歩く。

天帝の身を案じている彼女だが、実は半年前はこの国を乗っ取ろうとしていた。

まあ、それには余命幾ばくもない自身の死期を悟り、気弱すぎる夫を一人前の皇帝にしようと奔走した——という理由があったが。

要するに、秀雅はそれはもう天帝を大切に想っているわけである。

「秀雅様。天陽様を心配されるお気持ちは察しますが程々にしてください。貴女は今

『療養中』なんですからね！」

その傍で薬湯を煎じていた麗霞が釘をさした。

本来死ぬはずだった秀雅を救ったのは秘術である。

薬や毒、医術の桁外れの知識と特殊な術でもって奇跡を起こす秘術師、游家。その血筋である静蘭と手ほどきを受けていた麗霞によって秀雅は命を長らえた。

そういった経緯で秀雅の主治医となった静蘭だが、最近はなにやら忙しいらしく、代理として麗霞が枢宮を訪れていた。

「こんな事態に休んでいる場合か！」

「静蘭からの言伝です。『秀雅様、今無理をしたらコロッと死にますよ』だそうです！　はい、今日の薬です！」

激臭を放つ薬湯をずいっと差し出せば、秀雅は顔を歪め袖で口元を覆った。

「相変わらず酷い臭いだ。まるで毒でも飲まされている気分だ」

「秀雅様が今すぐお飲みになれば薬でしょう。ですが、明日は毒になっているかもしれませんよ？　相手はあの静蘭ですからね」

ずずいっ。

麗霞が袖を捲りながら強気に薬湯を突きつければようやく秀雅は観念したようだ。鼻をつまんで一気に飲み干す。

「良薬口に苦しというやつですよ。よく頑張りました」

眉根を寄せる秀雅に麗霞はすかさず水を渡した。皇后といえども静蘭は敵に回したくないらしい。

「……まっず」

「そういえば、あれから天陽様たちはどうなったのですか？」

あの後、枢宮中庭は大混乱になった。

兵士たちが我先にと天幕に突撃していき、侍女たちはあっという間に散らされた。

騒動さめやらぬ中、麗霞は静蘭に頼まれここに薬を運んできたわけである。

「天陽は慈燕が保護し、笙紫鏡はすぐに捕らえ尋問を行っている。あの者が暗殺者の場合もあるからな。だが、天陽のことだ。すぐに釈放する可能性が高いだろう」

「それはなんでまた」

「あの馬鹿、占術を全く信用していないのだ！」

湯飲みを盆に戻した秀雅は声を荒らげた。

先程も述べたが、朝陽の民は占術を信じている。彼らにとって占術は娯楽であり、頼りにすべき指標のひとつなのだ。

だが、かくいう麗霞もまた――。

「ま、まあ、あくまでも占いですからね。そりゃ用心するに越したことはないですが心配しすぎもお体に障りますよ？」

「まさか……其方も占術を信じないのか!?」

ぎこちなく首を傾げる麗霞に秀雅は愕然と項垂れた。

「信じないわけではないですが……当たるという保証もないですし。それに、刻限はひと月後でしょう？　今から焦りすぎても身がもたないというか」

「信じられない。其方らはどうしてこうも似通っているんだ!?」

この反応を見る限り、どうやら天帝も麗霞と同じ考えらしい。

秀雅は頭を抱え、手をわななかせながらまたふらふらと部屋を歩き始めた。

彼女は由緒正しき神官の家系。この一件で最も狼狽えているのは彼女かもしれない。

「あ、あの……秀雅、様？」

「そうかそうか。其方らの考えはよぉくわかった」

唸り続ける秀雅に恐る恐る声をかけると、彼女は麗霞の両肩に強く手を置いた。

「其方、暁明が占われているところを見ていただろう」

「え、ええ……」

いきなりなんの話だとぎこちなく頷けば、秀雅はにやりと笑う。

「占術師が麗霞の姿を見ていたようでな。こういっていたぞ――白麗霞。其方は七夕祭りまでのひと月の間、災難が降りかかるとなあ！」

「突然なにを仰ってるんですか!?」

「そこで、だ。また其方の大好きな勝負をしようじゃないか」

秀雅の目が完全に血走っている。物凄く嫌な予感がする。

悪寒が走り、麗霞は逃げようとするが秀雅の手が肩を摑んで放さない。

「これが私の杞憂だというのであれば、其方が私の代わりに暁明を守れ。ひと月後、もし暁明の身になにかあれば――私が其方を殺す！」

「はああああああああああああ!?」

災難に見舞われるのか、災難を見舞わされたのか――。

その占術が事実かどうかはわからないが秀雅の殺意は本物だった。

枢宮に麗霞の絶叫が響き渡る。

だが、これは彼女の災難のほんの序章にもすぎないのであった。

＊

「……ねえ、静蘭は占術って信じる？」

「さあ、どうかしらね？」

その晩、麗霞は西宮の静蘭の部屋でがっくりと項垂れていた。

「今回ばかりは分が悪いわね。大人しく勝負に挑んだほうが身のためじゃないかしら」

「でもでも、負けたら私殺されちゃうんだよ!?」

「あら。少しでも殺されると思っているのなら、占術を信じているってことになるわね。今からでも秀雅様に謝ってきたら？」

「うっ……」

鋭い指摘に麗霞はいい淀んだ。

信じる信じない以前に、あそこまではっきり「殺す」といわれたら誰だって臆するに決まってるじゃないか。

「まあ、目的があったほうが秀雅様もお元気になるでしょうし、頑張ってね」

「静蘭、楽しんでるでしょう!?」

「ええ。他人事ですもの。それにこれから一喜一憂する麗霞を見られると思うと心躍るわね。うふふ、ひと月後が楽しみ」

うっとりと静蘭は微笑んでいる。

相変わらずいい性格をしていると、麗霞は顔を引きつらせた。

「あ、そうだ。危険な賭けをはじめる貴女に丁度いい手紙が届いていたわよ？」

「……手紙？」

差し出されたのは一通の文。

《今晩、枢宮の池の前で待つ　天陽》

用件のみの簡潔な手紙。送り主は天陽——天帝だった。

「今晩……って」

「あら、大変。早くいかないと日が変わってしまうわよ」

「それならもっと早く手紙渡してよ！」

あらあら、とわざとらしく驚く静蘭を叱りながら麗霞は慌てて立ち上がった。

時刻は間もなく子の刻（深夜零時）になろうとしていた。

侍女の立場でありながら天帝を待たせるなんて言語道断。麗霞は全速力で部屋を飛び出した。

「相変わらず足が速いこと。転ばないように気をつけるのよ」

なんていいながら静蘭が見送っていることなど露知らず、麗霞は西宮を駆け抜け枢宮へ向かう。

またあそこに戻るのも恐ろしかったが、待ち人がいるのならやむを得ない。

「すみません、遅くなりました！」

息を切らして中庭に着くとそこには誰もいなかった。

「……帰っちゃったかな」

手紙の指示には『今晩』と書いてあっただけだ。

彼は痺れを切らして帰ってしまったのかもしれない。

中庭の中央にある大きな池に歩み寄りながら、麗霞は困ったように頭を掻いた。

風で僅かに揺らぐ水面には、見事な満月が映っている。

（今日は満月か——）

「——麗霞」

池を覗き込んでいると背後から男の声が聞こえた。

振り返ると一人の美青年が立っていた。黒髪に金の瞳。皇帝の証である冠をかぶった彼こそ、この朝陽を治める天陽帝である。

「あ、天陽様。ご無沙汰しております！」

深々と礼をすると、天陽はそういうのはいい、とはにかんだ。

「久しいな。最近公務が忙しくてあまり後宮に顔を出せずにいたから」

「秀雅様がとても心配しておられましたよ。天陽様は大丈夫でしたか？」

「ああ……皆心配しすぎで困ってる。さっきも散々慈燕に引き留められてしまって。ようやく撒いてきたんだ。正直ちょっと疲れたよ」

困り顔で天陽は肩を竦めた。

今でこそ立派な皇帝として君臨しているが、彼は半年前までやる気のない超絶ヘタレ皇帝だった。

性格はとにかく後ろ向き。自分の死が迫っても、他人事のように日和見を決め込む

……そんな彼を更生させたのが麗霞だった。

一介の侍女である彼女がそんな大立ち回りをしたのにはある理由があった。

「そうだ。天陽様、私になにかご用だったのでは？」

そう尋ねれば、天陽は不思議そうに首を傾げた。

「いや？　私に用があるのは麗霞のほうではないのか？」

「……え？　今晩ここで待つと天陽様からお手紙が」

「なにをいっている。手紙をくれたのは麗霞のほうだろう」

二人で同時に首を傾げた。

どうにも話が噛みあわない。そのとき、がさりと草を踏み分ける音が聞こえた。

「誰だ⁉」

天陽の声が聞こえた瞬間、麗霞の背中に衝撃が走った。

「うわっ⁉」

「麗霞！」

何者かが麗霞の背中を強く押したのだ。

池のほうに体が傾く麗霞に手を伸ばす天陽。

「……っ！」

「て、天陽様っ！」

無事にその手は摑めたもの、今度は天陽の背中が押された。

（――まじ？）

嫌な予感がした。

次の瞬間、冷たさが体を貫いた。池の中に落ちたのだ。

服はすぐに水を吸ってずっしりと重くなり、体は水底へ沈んでいく。

（まずい。まずいまずいまずいまずい――）

なんて日だ！

麗霞は一瞬意識を失いかけたが、すんでのところで踏ん張って必死に水を蹴った。

「……っ、げほっ。げほ」

なんとか這い上がる。隣からも咳き込む声。どうやら天陽も無事らしい。

この感覚は少し懐かしい。半年前も麗霞は池に落ちた天陽を助けて――。

（……あれ？）

違和感を覚えた。

「麗霞、大丈夫か!?」

自分を呼ぶ天陽の声がやけに高く聞こえる――まるで女の声だ。

「はい。天陽様も――へ？」

芝についた自分の手もなにやら大きくて節くれだっている——まるで男の手だ。

そのとき、頭上から眩い光が差し込んだ。

雲間から顔を出したのは立派な満月。それを見上げ、二人は目を見開いた。

「嘘だ！」

「嘘でしょ!?」

麗霞は天陽を、天陽は麗霞を見て固まった。

朝陽国、枢麟宮にあるこの『月夜池』にはそれは不思議な言い伝えが残されている。

満月の夜。この池に落ちた者はひと月の間その肉体と魂が入れ替わる——。

「——天陽様」

「——麗霞」

麗霞の目の前には『白麗霞』がいた。

慌てて水面を覗くと、そこには『天陽』が映っている。

「あ……あああっ……」

麗霞が動けば、同じよう『天陽』が動く。

これは麗霞が『天陽』になっているということ——半年前の悪夢の再来だった。

「まさか……」

「私たち、また入れ替わってる!?」

麗霞の野太い叫ぶが枢宮に響き渡る。

麗霞・天陽、二度目の入れ替わりである。

＊

「それで？　命を狙われているのにもかかわらず、護衛もつけずいとも容易く背後を取られ池に突き落とされた挙げ句――」

「また入れ替わった、と」

その晩、枢宮の秀雅の私室の中央で麗霞と天陽は正座していた。

二人を見下ろすのは秀雅、静蘭、そして天陽の側近の李慈燕である。

「申し開きのしようも御座いません」

「まあまあ、お二方とも落ち着いて……二人も反省しているようですし」

「落ち着いていられるものですかっ！　下手をすれば死んでいたかもしれないのですよ！」

静蘭が宥めても慈燕たちの怒りは収まらなかった。

彼は天陽がダメダメ皇帝だった頃からずっと支え続けてきた懐刀。

此度の暗殺騒動でも彼は天陽を守るため昼夜休まず策を練り続けていたのだから、

その怒りもやむを得ないだろう。

「わかった、わかったから。占術師の話は信じよう。もう油断はしないと誓う」

天陽(外見は麗霞)が必死に宥めると、慈燕は眉間に皺を寄せながらそれはもう深いため息をついた。

「ただでさえ後宮がごたついているというのに、其方らはいつも問題ばかり……呆れてものもいえん」

秀雅は腕を組みながら据わった目で二人を睨む。

「しかし……私が狙われている以上、麗霞が私の中に入っているのは危険だろう」

「……すぐに飛び込めば元に戻れませんかね?」

そういってすぐさま二人は池に入るが、元に戻ることはなかった。

「無理そうですね。入れ替わりは月に一度、次の満月まで待つしかないみたいですね」

ずぶ濡れの二人を見て静蘭は他人事のように笑う。

「どうしましょう……また私と天陽様が入れ替わっていると知られたらマズイのでは」

「いや、待て。寧ろ好都合ではないか?」

なにかを思いついたように秀雅は手を叩く。

「刺客の狙いは暁明の体。まさか刺客も天帝と侍女が入れ替わっているなどとは思うまい。寧ろ麗霞の中にいれば暁明は安全だ」

「それって……まさか」

満面の笑みの秀雅と目があい、麗霞は顔を引きつらせる。

なんだかとても嫌な予感がする。

「麗霞、其方が暁明の代わりに命を狙われてくれ！」

「はあああっ!?」

「うん、勝負するにも丁度いい。暁明の死が麗霞の死。其方たちは一蓮托生。死にたくなければ全力で生き延びてみせろ！」

「そんな無茶な!?」

答えは応か死か。

無茶苦茶な命に麗霞は思わず叫んでいた。

「……またですか」

「そうです！　慈燕さんは反対ですよね!?」

ここで頼りになるのは常識人の彼だ。だが、慈燕は納得いかなそうに麗霞を睨む。

「元々麗霞と暁明を守護する話はつけていた。なにも問題はないだろう」

「……そう、ですね」

その一言で麗霞の希望は脆くも崩れ去っていく。

「納得はできませんが、起こってしまったことは仕方がない。寧ろ中身が麗霞殿だとわかれば、多少手荒に守れますからね。ようするにひと月後、中身はどうであれ天陽様のお体がご無事であればいいわけですから」

「ひっ……」

真顔で放たれる言葉のひとつひとつがなんと恐ろしいことか。

そのままぶつぶつと慈燕と秀雅は話し込みはじめた。

天陽への愛が重すぎる二人なら、いかなる手を使ってでも彼の体を守るだろう。そこに中身(麗霞)の安全が考慮されることはないはずだ。

「静蘭！　静蘭もそれでいいのっ⁉」

麗霞は最後の砦(とりで)である静蘭に泣きついた。

「……慈燕様のいうとおり、起こってしまったことはどうにもできない。麗霞はとても強いもの。ひと月くらいならきっと大丈夫よ」

頑張って、と静蘭は優しく微笑んだ。

最後の希望も潰(つい)え、麗霞は固まった。

「れ、麗霞……気を確かに」

「けれど――」

「……え」

静蘭の視線は麗霞を慰める天陽へと注がれた。

なにかを含むような視線に、天陽の体に悪寒が走る。

「万が一、入れ替わりがバレたら今度は逆に麗霞の体が狙われますよね？」

「そ、そうなる……な」

考えが読めない笑みに天陽は顔を強ばらせる。

「天陽様の油断が原因で、私はひと月も大切な侍女と離ればなれになってしまうのです。この心の痛み……おわかりになりますか？」

「は、はあ……」

「その上でもし麗霞の体になにかあれば、たとえ天帝といえども容赦はしません」

その目に確かに浮かぶ殺気。

「ですので、そうならないようにしっかり麗霞をお守りくださいね？　天陽様」

絶対零度の微笑みに天陽は凍り付いた。

静蘭の麗霞に対する愛は山より高く、海より深かった。

「暁明の体をくれぐれも頼んだぞ？　なあ、白麗霞？」

「ひっ……」

両者、まさに蛇に睨まれた蛙。

麗霞と天陽がじりじりと後ずされば、互いの背中が重なった。

「天陽様、死ぬ気で生きましょう」

「ひと月後、生きて会おう、麗霞」

刺客よりも味方がなにより恐ろしい。

二人の命がけの入れ替わり生活が今、はじまる――。

第二章

侍女、強敵襲来

「もういやだあああああああっ！」

入れ替わり生活五日目――宮廷内に麗霞（れいか）の悲鳴が響き渡った。

「どうした？」

「どうしたもこうしたもないですよっ！　なんなんですかこれ！」

いたって冷静な慈燕（じえん）に麗霞は涙目になりながら窓の外を指さした。

その先には格子窓と守衛の頭が微（かす）かに見えていた。

「慈燕さんはずっと傍に張り付いているし、部屋も四六時中見張りが囲んでる！　寝食仕事もここで済ませろなんて、自由がなさすぎる！　これじゃ軟禁じゃないですか！」

「貴女は命を狙われているんだから当然の対応だろう」

「ええ、ええ。百歩譲ってそれは我慢しますよ！　でも、これだけは頂けない！」

目を血走らせた麗霞が見下ろしたのは朝食のお膳。

「このひえひえで、かぴかぴのご飯はなんなんですか!?」

茶碗（ちゃわん）に盛られている米を箸で持ち上げると、全部一気にくっついてきた。

米だけじゃない。他の煮物や魚料理、汁物ですら一様に冷え切り、乾燥していた。

「仕方がないだろう。同じ膳を十拵え、ここに来るまで三度毒味をし、その度に半刻時間を置いているんだから。それに私だって同じものを食べている」

ひいふうみい、と料理がここに運ばれるまでの時間を指折り数え麗霞はぞっとした。

「そ、そんな時間かけなくても毒が入ってるなら食べた瞬間気付きますよ！」

「食べてから気付いたんじゃ遅いんだよ！　猛毒が入れられていて口に入れた瞬間ころっと逝ったらどう責任を取るつもりだ⁉」

凄い剣幕で詰められるとそれ以上いい返すことはできなかった。

「う、ううっ……この軟禁生活で食事だけが生きがいなのに……」

しくしく泣きながら麗霞は冷え切った米をバリバリ食べた。

表面は乾燥して固く、底は水分でべちょべちょになっている。

つまるところ美味しくない。

ああ、同僚たちと並んで食べる温かい食事が今は遠いことのように思えてくる。

あの夜に天陽がげんなりしていた理由が改めて身に染みてわかり、深く同情した。

「無理……つらい……早く元に戻りたい……」

前回の入れ替わりではへこたれなかった麗霞の心はものの数日で折れかけていた。

元より内向的な天陽と異なり、麗霞は室内でじっとしていることが耐えられない。

この騒動のせいで謁見は代理が行い、麗霞は書類仕事のみ。

退屈は人を殺す。そう、麗霞は暇すぎて死にそうになっていた。

「せめて適度に外に出て体を鍛えるくらいさせてくださいよ。ほら、筋力をつければ万が一刺客に襲われてもやり返せますし。筋肉は裏切らない」

天陽様は細すぎるんですよ、と真っ白な細腕を見つめてため息をついた。

「……その件にも関わることだが、ひとつ伝えることが」

「まさか、外に出ていいの!?」

苦い顔をする慈燕に麗霞の目に輝きが戻る。

「本日より、貴女の付き人がもう一人増えることになった」

「……は？」

ぽかんとした麗霞は次の瞬間青ざめた。

「これ以上警備を固めるつもりですか!?　というか、付き人がもう一人増えるって……そんなことしたら入れ替わりがバレちゃうじゃないですか!?」

「私だってさっき知ったんだ！　何故(なぜ)なら相手は勝手に乗り込んできて――」

その時、勢いよく扉が開いた。

「失礼する」

腹の底に響くようなずっしりとした声。

たった一言で場の空気が変わった。

入ってきたのは顎に髭を蓄えた、長い黒髪の屈強な大男。

目があっただけで麗霞の背筋がぴんと伸びるほどの威圧感を放っている。

「ご無沙汰しております陛下。李慈雲、馳せ参じました」

「……慈雲」

初対面だが、耳馴染みのある名と、誰かの面影がある顔。

麗霞は恐る恐る彼をじっと見つめて首を傾げた。

「誰かに似ているような……」

「……私の兄です」

「兄!?　えっ、お兄様!?」

麗霞は驚きながら目の前に並ぶ二人を交互に指さした。

慈燕に兄弟がいるなんて初耳だった。

だが、いわれてみればこの二人はそっくりだ。

異なるのは髪の色と眼鏡と髭の有無くらい。あと十年経てば慈燕もこんな感じになるのかもしれない。

「いつも愚弟がお世話になっております、天陽陛下。お会いするのは十数年ぶり……この慈雲の顔をお忘れになってても仕方がないでしょう」

「は、はあ……」

その言葉の端々に嫌みが込められている。どうやら性格もそっくりなようだ。

そうはいっても今は中身が違うのだから知らなくて当然だ。

先にいわない慈燕が悪い、と恨みがましく彼に目をやれば視線を逸らされた。

「そ、それにしても。なにゆえ慈燕の兄上殿がわざわざここまで」

「天帝の身の危険に際し、弟君の暁光様より陛下の警護にあたるように……とのご命令を受け急ぎ馳せ参じた次第であります」

「はあ!? 弟ぉ!?」

衝撃再び。驚きのあまり麗霞は思わず立ち上がる。

「異母弟の暁光様です。今は朝陽の東部を治めていらっしゃる。もしや——血を分けた実の弟君のこともお忘れですか」

(いやいやいやいやいや。聞いてないって! 天陽様に弟なんていたの!?)

殺気を宿した瞳で睨まれ麗霞はひっと息を呑んだ。

慈燕に助け船を求めるが咳払いで返された。これは「自分でなんとかしろ」の合図。

(天陽様も慈燕さんも、説明不足すぎるのよ!)

無知かつ予想外の出来事に麗霞は心の中で泣き叫んでいた。

「い、いやあ……この暗殺騒動と最近の政務に追われ疲れていたようだ。はは……」

「最近の陛下の様子は愚弟から度々報告を受けていました。長らくの自堕落な生活を改め、ようやく天帝として国を統べる覚悟をなされた、と」

「え、ええ……まあ……」

「その努力は最近の治世から見てとれます。中々に励んでおられるようだ」

あ、褒められた。この人意外といい人かも……と思った瞬間。

「そのお陰で下剋上をせずに済みました」

「――は」

待て待て、この人今さらっと物騒なことといわなかった？

「生まれ変わられた陛下にお目にかかれる日を、この慈雲とても心待ちにしておりました」

すごい笑顔を向けられた麗霞の顔は引きつるばかり。

いや、怖い。凄い怖い。この国、笑顔が恐ろしい人が多すぎる。

「ちらりと会話が聞こえておりましたが、なにやら陛下は外で体を動かされたいとか」

「そ、そう……ですね。できたら嬉しいなあ、なんて」

控えめに答えると、慈雲は「あいわかった」と大きく頷いた。

「いい心がけです。陛下が自ら苦手だった武術に向き合おうとしてくださるとは、私も腕が鳴りましょう」

「……はい？」

「我が愚弟は武術に劣る。折角の機会です。先の大戦を越えてきたこの私が直々(じきじき)に手ほどき致しましょう」

ばさりと慈雲が着物を脱ぎ上半身を露(あら)わにした。

年を感じさせない筋骨隆々の体。至る所に刻まれた古傷が歴戦を表している。

「このひと月、貴方様(あなたさま)が本当に天帝としての器なるかこの目で確かめさせて頂く！」

どん、と部屋が震えそうなほど大きな声が響き渡った。

「精一杯お傍(そば)でお守りさせていただきます、天陽様」

「……お、お手柔らかに」

あ、これ選択を間違ったら下剋上まっしぐらだ。

麗霞は恐怖で身の毛がよだつ思いだった。

天陽の命、自分の命、さらには国の命運まで麗霞の手に握らされたわけだ。

——麗霞の受難はまだまだ続く。

＊

「聞いてないことが多すぎるっ！」

その晩、麗霞はこっそりと西宮を訪ねていた。

慈雲が持ち場を離れた隙に慈燕に泣きつき、こっそりここにやってきた。

「……まあ、いってないからな」

「二度も入れ替わるとは誰も思わないだろう。一介の侍女にする話でもないし」

天陽と慈燕がこくりと頷いた。

「というか、あの慈雲さんって人怖すぎません!? もう体ボロボロなんですけど！」

現在の麗霞はというと……静蘭の長椅子にぐったりと横たわっていた。

「これは酷い筋肉痛ねえ……」

「いったあああああ！」

静蘭がえいっと麗霞の体をつつくと彼女はすさまじい悲鳴を上げる。

ぴくぴくと体を震わせる麗霞に天陽は同情するように彼女の背中を擦った。

「慈雲はとても恐ろしい男だからな……私も、とても苦手だ。しかし其方もどうしてそんな無茶をしたのだ」

「そ、それはですね……」

苦笑いを浮かべる麗霞。

話は少し巻き戻る。

慈雲の到来から半刻後には麗霞の鍛錬がはじまろうとしていた。

少し体を動かせたら万々歳、と思っていた麗霞を悲劇が襲う。

「なんですか……これは」

差し出されたのは一本の巻物。それは鍛錬内容でびっしりと埋め尽くされていた。

「走り込み、基礎訓練、剣の素振り、組み稽古——」

「今の陛下を鍛え直すにはこの内容が最適かと」

目を通すだけで倒れそうになるほどの壮絶な内容。

恐る恐る慈雲を窺う（うかが）も、その表情は真剣そのものだ。どうやら本気らしい。

「いや……私は散歩とかもっと軽い運動を……」

「鍛錬をしたいと仰ったのは天帝様です。この国を統べる者として、戦えずしてどうするのです。たとえ兵が倒れても最後の一人になるまで戦うのが皇帝というものです」

確かにその通りだ。その通りだが、麗霞はただの身代わりで本物の皇帝ではない。

（こんなのまともにやったら死んでしまう……！）

天陽の体は階段の上り下りだけでも息切れするほどの体たらく。

そんな体でいきなりこんな訓練をしてみろ。確実に死ぬ。

「慈雲殿も長旅で疲れているでしょう。この鍛錬は明日から、ということで」

笑って誤魔化（ごまか）しながら逃走を図る。

そんな麗霞の腕を慈雲が掴んで止めた。

「……陛下、どこへいこうというのですか？」

「お、大人しく部屋に戻って仕事の続きを……」

「全く、弛んでいる！」

怒号の風圧で麗霞の前髪が揺れた。

「そうやって己と向き合わず逃げ続けるから暗君などと呼ばれ、妃の尻にも敷かれるのです！　全く情けない……天を司る天帝が聞いて呆れる」

熱が籠もっていた慈雲の声音がだんだん呆れまじりになっていく。

「貴方様は『天帝』の器ではない。暁光様が先に生まれていたらどれだけよかったことか……」

「なっ……」

呆れと哀れみの目を向けられた麗霞ははっとした。

最初は驚き、そしてそれは徐々に腹立たしさに変わっていく。

「彼は……彼なりに精一杯頑張っていますよ……」

拳を握り小声で呟いた。

慈雲はなにも知らない。生まれた時から皇帝と呼ばれた彼の苦しみも、全てを諦めてようやく立ち上がった彼の勇気も、その覚悟も。

「ようするに慈雲は、とっとと私が退き弟が後を継げばいいと思っているんだね？」

「今の貴方様を見ていれば、誰だってそう思うでしょう。貴方様は天帝にふさわしくない」

はっきりそう告げられた。

彼の瞳には期待など微塵もない。彼は完全に天陽を見下している。

（追い詰められたほうが燃えるのよ……）

そのゴミを見るような瞳が、麗霞の闘志に火をつけた。

「じゃあ、貴方に私が天帝だと認めさせればいい……ということだな？」

「私はそう簡単には認めません」

俯いていた麗霞は顔を上げ、慈雲を見据え不敵に笑う。

「上等！　このひと月の間にぎゃふんといわせてやろうじゃない！　もし、慈雲が私を少しでも見返したなら……頭を垂れてもらうからね！」

「ふっ……やれるものならやってみてください」

びしっと指をさす麗霞に慈雲もまた不敵に口角を上げるのだった。

売り言葉に買い言葉。そうして慈雲とも勝負をはじめてしまった麗霞を待ち受けていたのは——。

（なんで私こんなことになっちゃうのかなあ!?）

厳しすぎる鍛錬と、直情型すぎる自身への並々ならぬ後悔だった。

三里（約十二キロ）の走り込み。手足が棒になりそうなほどの腕立てと腹筋。そして血豆が滲むほどの剣の素振り。

慈雲が設定した鍛錬はそれはもう想像以上に過酷だった。

だがあれだけ啖呵を切ったのだ、逃げるに逃げられない。そのまま麗霞は体力が尽き、地面に突っ伏すまで体を動かし続けた。

「――もう、だめ」

最後の腕立てを終え、地面に這いつくばる。

もはや指一本たりとも動かせなかった。

「ふん、初日としてはこんなものでしょう。しかし、目標の三分の一もいっていない」

頭上から嘲笑が聞こえる。

それとともに桶に汲まれた冷水が降ってきて、熱が籠もった体を一気に冷やされた。

「訓練は明日も行います。逃げたければ逃げてくれて結構。まあ、そうなれば……下剋上の日も遠くはありませんゆえ」

慈雲は妖しく微笑みながら、胸元に忍ばせた手帳になにやら書き込むと足早にその場を去っていった。

「――くっそおお！」

一人残された麗霞は立ち上がることもままならないまま、慈燕に背負われ部屋へと戻る。

初日は麗霞の惨敗。得たものは手の豆と、数時間後に襲い来る凄まじい体の痛みであった――。


「――というわけなんですよぉ」

「それは完全に其方が蒔いた種であろう」

「うふふ、麗霞は昔から負けず嫌いだものねえ」

呆れる天陽と慈燕、そして落ち込む麗霞。その中で静蘭だけが微笑んでいた。

「鍛錬だけなら私にも落ち度があるんでいいんですが。問題はそれだけじゃないんです！」

がばりと起き上がった麗霞は天陽の肩に両手を置いた。

「書類に判子押してたら曲がってるとか、文字の書き方がなってないとか、食べ方がおかしいとか、慈燕さん以上に口うるさいんですよ！　母親通り越して小姑です！」

とそこまでいったところで慈燕から凄まじい視線を感じたが、もう気にしている場合ではない。

「よく耐えたな、麗霞。あのまま慈雲と遭遇していたと思うだけで……」

「他人事だと思ってません!?　元はといえば天陽様が一切体を鍛えてないのが悪いん

ですよ」

背中を擦る天陽の手が心配から徐々に慰めに変わる。

「……でも、慈雲さんに麗霞と天陽様の入れ替わりはバレていないのでしょう？」

「ええ。あくまでも入れ替わりは内々。我らを含め、秀雅様以外には今のところ知られていません」

「そんな厳しい人にもし入れ替わりがバレたら……まずくはないかしら？」

こてんと首を傾げた静蘭に全員が息を呑んだ。

「下手をしたら麗霞本体が八つ裂きにされるな」

「ひっ」

「……兄は天陽様が天帝に就いていることを快く思っていません。それに暁光様に偉く心酔している様子。もしこの秘密がバレたら色々と動くかもしれない。いや、もしかしたら既に……」

雲行きが怪しくなってきた。麗霞は恐る恐る天陽を見る。

「あの……天陽様。ちなみに弟さんってどんな御方で……？」

「眉目秀麗、文武両道、性格も明朗快活で……天帝の器としては申し分ない、だろうな」

「つまるところ、天陽様とは対極の存在。そんな彼が反旗を翻せば――恐ろしいこととなりましょう」

天陽と慈燕の答えに麗霞は口をあんぐりと開いた。

「うふふ、もしかして本当に下剋上を考えているかもしれないわよ。麗霞、ふんばりなさい」

貴女なら大丈夫よ、と静蘭は笑顔で麗霞の手を握りしめた。

「いやだああああああああああああっ！」

こうしてこの夜、麗霞の任務がまた増えた。

一つ、天陽の暗殺阻止
二つ、慈雲に天陽が天帝であると認めさせるべし　↑新！
三つ、暁光と慈雲の下剋上を阻止せよ　↑新！
四つ、慈雲に入れ替わりを知られることなかれ　↑新！

＊

その日を境に、麗霞の奮闘の日々がはじまった。

作戦其の一、迅速に仕事をこなし有能さを見せつけるべし。

「はい！　書類全部確認して判も押しました！」

「どれも印が曲がっている！　印影も薄い！　やり直し！」

積み上がった書類を爆速で片付けるも、その山は慈雲の手刀で見るも無惨に崩された――作戦失敗。

作戦其の二、敵の懐に潜り込むべし。

「慈雲、ずっと働き詰めじゃないか？　たまには息抜きしても……ほら、趣味に興じるとか」

「私の任務は陛下の御身を守ること。気など緩めている暇はありません」

自分の隣にぴったり張り付いている慈雲は実に素っ気ない。会話なんて成り立たなかった――作戦失敗。

「なにをお考えになっているかは存じませんが、私を懐柔しようなんて百年早いですよ」

なにをやっても空回り。全ては彼の掌の上だった。

ええい、こういうまわりくどいことは性にあわないと麗霞は慈雲の前に立つ。

「それならはっきり聞こう！　私がなにを直せば貴方は認めてくれるんだ！」

「そうですね――」

次の瞬間、麗霞はなんて愚問だったのだと心底後悔した。

衣服の着方、冠の汚れ、食事の作法、言葉遣い、姿勢、歩き方、学のなさ、文字の乱れ——慈燕はありとあらゆる麗霞の難点を一息に告げた。

「——そんなに私は駄目な人間か」

「ええ。その仕草は天帝ではなくまるで庶民——いいえ、田舎者そのものです」

「ぐううっ！」

その一言は麗霞の心を大きく抉った。

まさにその通り。見透かすような視線に麗霞の目は泳ぎ、冷や汗が流れる。

（まさかこの人、とっくに入れ替わりに気づいているんじゃ——）

恐る恐る慈雲を見上げれば、彼は瞬きひとつせずこちらを見下ろしている。

「陛下は以前侍女に命を救われ、その者を気にかけているとか。確か名前は白麗霞」

「そ、それがどうした……」

思わぬところで自分の名前が出て麗霞は僅かに狼狽える。

「調べてみれば、その者は辺鄙な田舎の豪族の一人娘。都外れの人間なら碌な素養もないはず。たとえ游家の親族とはいえ、天帝たるもの関わる人間はお選びになったほうがよろしいかと」

「なっ——」

天陽、そして麗霞本人への思わぬ二重攻撃だった。

　その一撃をもろに喰らった麗霞は、言葉を失いがっくりと項垂れる。

（天陽様の評価を下げているのは……他でもない、私自身——）

　幾ら口調は真似ることができても、中身の素養は本人に帰属する。

　学問から逃げ続け、ひたすら野山を駆け巡った幼少期。幼い頃から徹底した教育を受けてきた天陽とは生まれも育ちも、その環境も全てが違いすぎる。

「そんなに落ち込むことですか。まさか、たかが侍女に惚れているとでも？」

「いや……」

　違う。自分自身のことだから衝撃を受けているんだ、とはいえなかった。

「兄上、そろそろ——」

　全てを察した慈燕がそっと麗霞の前に出た。

「お前もだぞ慈燕。天帝の側近として主人の人間関係には常に目を配れ。特に侍女など、金と欲に目が眩みすぐ天帝に取り入ろうとしてくるのだから」

「——っ」

　丁度正午を告げる鐘が鳴り響き、慈雲は窓の外を見ながらああ、と頷いた。

「昼餉の後、今日も鍛錬を致しましょう。ま、その様子では今日も期待はできなそうですがね」

　嫌みったらしく鼻で笑いながらようやく慈雲は部屋を出ていった。

部屋には慈燕と二人。なんともいえない沈黙が続く。

「大丈夫か」

「……現実を叩きつけられて衝撃を受けてるだけです」

机の端に手をついて、ようやく麗霞は体を起こした。

「あまり気にしないほうがいい。兄上は昔からああやって人の嫌なところをつつくのが趣味なんだ」

「慈燕さんに対してもそうだったんですか？」

「……まあ。兄上は優秀だったからな。よく比較はされた」

麗霞を見下ろす慈燕は遠い目をしていた。

「助け船を出せずすまない」

「わかってますよ。慈燕さんが下手に動けば、勘のいい慈雲さんは何かに気づく。それに慈燕さん、お兄さんが怖いんでしょう」

真っ直ぐ麗霞が見つめ返せば、慈燕はなにもいわずに目をそらした。

「くっそおおおおおおっ！」

「ちょっ!?」

腹から声を出したかと思えば、麗霞は思い切り両頬を叩いた。

「悔しすぎる！　私も慈燕さんも、あの人にやられっぱなしだなんて！」

　じんじんと頬に痛みが走り、目に涙が浮かぶ。

「このままじゃ駄目だ。私のせいで天陽様が悪くいわれるなんて、天陽様にも秀雅様にも顔向けできない！」

　麗霞は勢いよく扉を開けた。

「どうするつもりだ」

「……決まってるでしょう。外に出れば私の土俵。私は、私のやり方で前に進むだけ」

　気合いを入れた麗霞は昼食も摂らず、鍛錬場に向かうのであった。

＊

「――これまた随分な張り切りようで」

　兵士数名を引き連れ、時間通り現れた慈雲は僅かに目を丸くした。

　そこでは麗霞が既に稽古着に着替え、木刀で素振りをしていたからである。

「ふふふっ、其方が来るまでに鍛錬の半分は終わらせた！　証人は慈燕だ」

　麗霞の傍で慈燕がこくりと頷く。

　これにはさすがの慈雲も多少驚いたようだ。

「素振り二百の次は……組み稽古だったたな、先生？」

「ほぉ……」

木刀を投げ渡しながら麗霞は微笑む。

「ここから先に進むのはまだ早いと思っていましたが……陛下がその気ならば仕方がないでしょう」

にやりと笑い、慈雲は剣を構える。

「どうぞ、どこからでもかかってきなさい」

「本気でいっていいんだな？」

「もちろんです」

慈雲がそういうが早いか、麗霞はすぐに動いた。

（座学は無理でも、体を動かすことは得意……！）

彼女の長所はその身体能力の高さと人並み外れた野生の勘。

いくら天陽の体が鈍（なま）っていたとしても、麗霞自身の経験は嘘をつかない。

「──ふっ！」

上段から振り下ろされた慈雲の太刀筋を目視で躱（かわ）し、相手の懐に飛び込むように中段から横に払う。

「ちっ」

「中々いい太刀筋だ……だが──甘いっ！」

その攻撃は慈雲に受け止められる。そして彼の横薙ぎが麗霞を襲う。

はじき返された剣は彼女の脇腹にめり込み、息を詰まらせながら距離をとる。

「はは……さすが……」

相手は歴戦の猛者。道場上がりの小娘の太刀筋が敵うはずもなかった。

「まったくなってない。暁光様なら既に私から一本取っている。政も座学も、そして実技も――貴方様は暁光様の足下にも及ばない」

顔も知らない弟と比べられる。なんだか無性に腹が立った。

まるで自分の存在意義を全て否定されているかのような。

「今、この場にいない人間と比べられるのは不愉快だ」

「ほお、いい目になりましたな」

きっと睨みつければ、慈雲がにやりと笑う。

「――まだまだ。続きを」

再び麗霞は剣を構えるが、慈雲は剣を下ろした。

「どういうつもり？」

「鍛錬は一朝一夕で身につくものではありません。陛下が前もって鍛錬をしていたというのであればいい頃合いだ。休憩に致しましょう」

女官を呼び止め、お茶を注ぎ出した慈雲に麗霞と慈燕は目を丸くした。

「休憩もまた鍛錬のひとつ。ささ、どうぞ」

「む……う……」

なんだか闘志を折られてしまった。

仕方なく麗霞は杯を受け取り、近くの椅子に腰を下ろす。

「いただきます」

よく冷えた茶だ。しかし一口含んだ瞬間、麗霞ははっと目を開けた。

「――これ、毒だ」

慈雲と慈燕の目が見開かれた。

「陛下、すぐに茶を――」

慈燕が動くよりも前に、麗霞はすぐに布に茶を吐き出す。

そして周囲を見やると慈雲の傍にいた兵士たちを指さした。

「そこと、そこの人……知らない顔だな。それにそこの侍女もはじめて見る顔だ」

「なっ」

虚を衝かれ、兵士たちと侍女は狼狽える。その隙を彼女は見逃さなかった。

「慈燕、刺客が三名」

「はっ！」

慈燕の指示で、周りにいた衛士(えじ)たちがすぐに刺客を取り押さえた。

「陛下、すぐに医者に！」

「慈燕、落ち着いて。死ぬような毒じゃない。舌がちょっとぴりっとする程度の軽い毒だ。体に害はない」

　口元を拭いながら麗霞はじろりと慈雲を睨む。

「──これ、仕込んだの慈雲？」

　麗霞の言葉に慈燕はかっと目を見開いた。

「兄上！　これは謀反ですぞ！」

「慌てるな。それは微量の痺れ薬。致死量の何百分の一に満たない」

「毒を盛るだなんて、一体なんのつもりだ？」

「陛下を試したのですよ。その刺客たちも私がわざと引き入れた者たち。害はありません」

　慈雲は一切狼狽えることなく、そういいきった。

　そして次の瞬間、彼の目から感情が消えた。

「先代からこの朝陽は争いのない平和な国となりました。そして日和見を決め込んでいる貴方様が毒に敏感か試したのです。己が身を守るのは最終的には自分自身。この程度の毒に気付かれないのであれば……守る価値もない。そこで消える灯火（ともしび）であれば、それこそ運命でしょう」

「兄上っ！」

「そもそも、お前がしっかり守らないからだ！　慈燕！」

怒号が轟き、思わず慈燕が後ずさる。

「いともたやすく刺客を三名も近づけ、あまつさえ毒を盛られたことにも気づかない——天陽様が命を狙われているというのにお前は危機感がなさすぎるのだ！」

「っ！」

慈燕はなにもいい返せなかった。

そもそもこの国は長男が絶対。なにがあって弟の慈燕の傍についているかはしらないが、慈燕は慈雲を恐れ、そして頭があがらないのだ。

慈燕は己のふがいなさと、兄への恐怖からか俯き悔しげに拳を握る。

「……でも、警備をざるにしたのは其方でしょう？」

そこに割って入ったのは麗霞だった。

「昨日はこの場に十名の衛士がいた。けれど、今日はその半分。明らかに警備は手薄だ。慈燕が警戒を怠るはずがない。だとすれば……其方が裏から手を回し、勝手に配置を変えたんだ」

「それは我が愚弟の性根を鍛え直そうと——」

「あのさあ、もうそういうのいいよ」

麗霞は呆れたようにため息をつき、慈雲のもとに詰め寄った。

「兄だかなんだかしらないけれど、この国の皇帝は私で、私の側近は慈燕だ。貴方はただの派遣の助っ人。この意味がわかる？」

ぎろりと麗霞が慈雲を睨む。

「助っ人の立場で私たちの政務に口を出したり、私の大切な側近を悪くいうのはやめてくれ。それこそ不敬だ。其方をいますぐ牢に放り込んでもいいのだぞ？」

それとも、と近くの兵から剣を借り、その切っ先を慈雲の首筋に向けた。

「今ここで私が手ずから切り捨ててやろうか？」

「――っ」

麗霞の睨みにはじめて慈雲が狼狽えた。

二人はしばらく睨みあい、そして先に動いたのは慈雲だった。

「――失礼致しました」

なんと慈雲が頭を下げたのだ。

「いい。下がれ。互いに頭を冷やしたほうがいい。其方が連れてきた協力者の沙汰は追って出す」

「失礼致します」

そういうと、慈雲は例の手帳になにか書き込む素振りを見せ、大人しくその場を立ち去ったのであった。

　他の兵も離れ、慈燕と二人きりになる。

「……麗霞」

「うわあああっ、やっちゃったあああああ。どうしよう、慈雲さんに喧嘩売っちゃったあああああっ！　私生きていけるかなあ!?」

　麗霞は頭を抱えて蹲った。

　頭に血が上って咄嗟に体と口が動いてしまったのだ。だが、鍛錬は明日からもあるし、慈雲との関係はまだ半月以上続く。

　明日からの自分の身が心配だと、慈燕に泣きついた。

　そこでいつもなら慈燕から鋭い言葉が返ってくるはずだが、なにもない。

「慈燕さん？」

「……すまない」

　申し訳なさそうな慈燕の表情を見て麗霞は目をまんまるに見開いた。

「え、なんで慈燕さんが謝るんですか!?　逆に慈燕さんの立場を悪くしたのは私のほうで――」

「お前のいうとおりだ。私の未熟さがその身を危険に晒してしまった」

「いやいや、それは慈雲さんがそうなるように仕組んだことだから！」

「兄上にはどうしても頭が上がらない。反論ができないんだ……昔から」

慈燕が悔しげに拳を握る。

「最初から兄上が天陽様の側近になればよかったのに──」

「それは違うよ！」

麗霞は強く否定して慈燕の手を握った。

「天陽様の側近は慈燕さんだけです。貴方だから、この私とも上手くやってくれている。慈雲さんじゃこうはいきませんよ。だからもっと自信を持ってください」

頼りにしているんですから、と少し窶れ気味の慈燕を見上げた。

「いいですか、慈燕さん。私たちは共犯者なんです。慈雲さんをひと月欺き続けるには、慈燕さんの協力が必要不可欠なんですよ」

だから、と麗霞は慈燕を力強く見つめる。

「二人で一緒に慈雲さんを見返してやりましょう！　私、絶対負けませんから！」

「…………やめてくれ」

慈燕が手で口元を押さえていた。その顔は真っ赤に染まっているではないか。

「天陽様の顔で、そんなことをいうのはやめてくれ。色々と誤解しそうになる」

「……え」

あ、そうだ。この人、天陽様最推し人間だった。

自分が天陽の顔で、声で、慈燕を褒め称え、ねぎらう言葉をかけたら舞い上がってしまうのも当然だろう。

「じゃあ、次は天陽様の口から直接いってもらいましょう」

「そうじゃない。そういうことじゃないんだが……まあ、いい」

はあ、とため息をつきながら慈燕は麗霞の手を握りなおす。

「今だけはその名を呼ばせてくれ。ありがとう、白麗霞。お前がいてくれてよかった」

慈燕ははじめて麗霞の前で素直な笑みを浮かべた。

「お前のいうとおりだ。いつまでも兄上に負けてはいられない。天陽様こそ私の主人で、この国の太陽。なんとしてでもあの兄上を『ぎゃふん』といわせるぞ」

「ははっ、それでこそ慈燕さんです！」

背中を叩きあい、互いを鼓舞しながら二人は帰路につく。

「なにか作戦あります？」

「そうだな。ひとつだけ――」

慈燕はにやりと笑いながら麗霞の耳にそっと口を寄せた。

「兄上が心底大事そうに懐に隠している手帳……あれが弱みかもしれない」

「それを盗み見ることができれば形勢逆転の一手が？」

「ああ。私は天陽様の命を狙う刺客は……兄上ではないかと、踏んでいる」

身内を疑う。それは決して冗談でいえることではない。

「麗霞、くれぐれも李慈雲だけには気をつけろ」

声音がぐんと低くなった慈燕の言葉に、麗霞は生唾を飲み込むのであった。

第三章
皇帝、新人教育

麗霞に災難が降りかかる一方で、後宮の裏——侍女たちの生活は平和そのものだった。

「もうすぐ七夕祭りだけど……本格的な準備がはじまるまで暇よねえ」

「天帝が殺されるって噂だけど、私たちには縁遠すぎる話というか——」

「——イマイチ実感わかないのよねえ」

井戸端会議をしている侍女たちの声が重なった。

(まったく……平和ボケにもほどがある)

掃き掃除をしながら聞き耳を立てていた天陽は呆れながら箒を握りしめた。

当事者からすれば、腹心と侍女たちのあまりの温度差に風邪を引きそうだ。

(だが、まあ……)

澄み渡った空をぼんやりと見上げる天陽。

春は過ぎ、過ごしやすい気候になってきた。ぽかぽかと心地よい日差し、半年前とは異なり妃同士の諍いのない平和な後宮——。

(退屈で気が緩んでしまうのも……頷ける)

ふああ、と思わず天陽は大きなあくびを零してしまった。

このところずっと慈燕に見張られ軟禁生活を強いられていたのだ。思わず気が緩んでしまうのも当然だった。

「──あら、大きなあくびね」

「静蘭!?」

いつの間にか目の前に静蘭が来ていた。相変わらず彼女は気配を感じさせない。

周囲の侍女たちも慌てて姿勢を正している。

そんな彼女たちを見ながら静蘭はくすりと柔らかく微笑んだ。

「そんなに畏まらなくていいのよ。暇を持て余すのは平和な証よ」

「こんなところに一体何の用で……」

「暇そうな貴方に頼みたい仕事があるの」

静蘭は微笑んだまま有無をいわさず天陽の手を引いた。

そのままずんずんと長い廊下を進んでいく。

（な、なにか怒ってはいないか……!?）

その間、無言。

「せ、静蘭？」

恐る恐る名を呼んでみても返事はない。その背中には僅かに怒気が漂っているようにも見える。

もしかしてさっきのあくびのせいか。

さっと天陽は顔を青ざめさせた。

きっとそうだ。静蘭は麗霞一筋。可愛い従姉妹が身代わりとなり、命を狙われているというのに自分がのんきに空を見上げて油を売っていたら怒り心頭なのも当然。

あれこれ考えているうちに静蘭の部屋にたどり着き、そのままぽいと投げられた。

これはもう完全に怒っている。

「静蘭、申し訳ない！　決して麗霞の身を案じていなかったわけでは——」

「天陽様。早く麗霞を娶ってください！」

「…………………は？」

勢いよく頭を下げた天陽に予想外の言葉が降り注ぎ、目を丸くした。

「待て待て待て、其方は突然なにを言い出すんだ！」

静蘭は珍しく勢いよく扉を閉めると、文箱の中から文を取り出した。

「このままでは、麗霞がどこの馬の骨ともしれない男の嫁になってしまいます！」

「はあっ!?」

「なんでも麗霞のお父上のもとに、ひっきりなしに縁談の話が飛び込んできているとか！」

差し出された文を受け取れば、その差出人は『白霞焰』。姓から察するにどうやら麗霞の父であろう。

文をよく見てみると、そこには見合い相手と思われる男の名がずらりと並んでいた。

「官吏、軍人、豪族……どの男たちも身持ちが堅そうではないか。これなら安泰では」

「駄目に決まっているでしょう。そうしたら私は麗霞と会えなくなってしまいます！」

静蘭は天陽の両肩を摑んで声を荒らげた。

この取り乱しかたは尋常ではない。というか心配するのはそこなのか。

「そんな思いをするのであれば、非常に悔しくはありますが天陽様の妃になるのが一番良い！　既成事実を作ってしまえばこちらのものです。なんだったら、入れ替わった状態でくっついてしまえばいいだけの話……最悪、麗霞の手足を縛ってでも——」

だんだんと静蘭の独り言になっていく。

「お、落ち着け静蘭。なにも今すぐ麗霞が嫁ぐと決まったわけでは……」

「天陽様はそれでいいのですか!?」

ぎろりと睨まれ、天陽は言葉を詰まらせた。

「半年前、あの池の畔でいいかけておられましたよね、『麗霞、私の妃になってくれないか』と」

「そ、其方見ていたのか!?」

思わぬ現場を見られていたことに天陽は顔を赤くする。

「最初はいかがなものかと思いました。私の可愛い麗霞を天陽様の妃の一人になんて断じて許すまじ……と。ですが、状況が状況です」

ばん、と静蘭は天陽の顔の横に勢いよく手を置いた。いわゆる壁ドンである。

「天陽様、これは私からの依頼です。このひと月の間に、麗霞の心を射止め、なんとしても見合いを阻止してください！」

「はあぁっ!?」

これまた無理難題である。

「しかし、このままでは勝率はほぼゼロ。天陽様は漢気(おとこぎ)もなく、色恋に鈍感すぎる麗霞は貴方様の思いに気づくことなど絶対ないでしょう」

静蘭の悪意のない言葉がぐさぐさと天陽に突き刺さっていく。

壁に追い詰められながら、天陽は彼女を見上げた。

「麗霞を落とせといったり、無理だといったり……其方は一体なにが望みなんだ！」

「麗霞の幸せです。そして麗霞が私の傍にいてくれることが、私の幸せです」

真顔で即答された。おまけに完全に目が据わっている。

そして静蘭は真顔のまま天陽に顔を近づける。

「いいですか。天陽様、このひと月の間になんとしてでも麗霞の心を動かしてください。そのためであれば、この游静蘭、どんな協力も惜しみません」

最強の敵が強力な味方になった瞬間だった。

「そ、其方が私に頼みたい仕事とは……これのことか」

「ええ。まずは天陽様を徹底的に鍛え上げ、男らしくします。そして、あわよくば麗霞に嫉妬心など抱かせられたらこちらの勝ちです」

静蘭はにこりと笑う。なんだか雲行きが怪しいような。

「しかし、今は女の身である私を男らしくしようなど一体どうするつもりで——」

「女心を摑んでいただきます」

「は？」

微笑んだまま静蘭は手を叩く。

すると失礼します、と声が上がり、少女が一人部屋に入ってきた。

「はじめまして、静蘭様。私本日付で西宮預かりの侍女となりました流翠樹と申します！」

明るく元気な小柄な少女だ。年は十四、五ほどに見える。

「貴方に新人の教育をお願いします」

「わ、私に!?」

静蘭からそういわれ、天陽はぎょっと目を丸くした。

そのまま静蘭の肩をつかみ、その耳元に口を寄せる。

「私に侍女の教育なんかできるわけないだろ⁉」

「元より麗霞に任せるつもりだったのでした。手が空いているのは貴方だけです。それに新人教育ということであれば身動きも取りやすいでしょう」

がっくりと項垂れる天陽に、静蘭はそっと顔を近づけながらこう続けた。

「これまで貴方のお傍にいた女性たちは一癖も二癖もある者ばかり、純朴な少女と共に過ごせば少しは女心というものを理解できるはずです」

「な、なるほどな……」

確かに秀雅といい麗霞といい——他の妃たちも個性豊かな者ばかりだ。

目の前に立つのは純朴な少女。確かにこのような者との交流も大事だろう。

「それに、この子の父は麗霞の見合い相手の一人。誰も娘が慕う者を娶ろうとはしないでしょう」

「——其方、そちらが本命だろう」

静蘭の笑みがふっと消え、その瞳に影が差す。

彼女はどこまでも麗霞中心に物事を考えているようだ。

しかし——この少女、やけにキラキラした目で自分を見つめてくるような。

「私、麗霞様にずっとお会いしたいと思っておりましたの！」

まるで憧れの人物でも見るように、翠樹は天陽に歩み寄った。

「実は……私、ずっと麗霞様をお慕い申しておりましたっ！」

「はあっ⁉」

「あらまあ」

心を射止めよといわれた相手は既に自分を慕っていた。

予想外の展開に静蘭も目を丸くしている。

「ま、待て。どういうことだ。私とそな……貴女は初対面でしょう」

「はい！　ですが、麗霞様のお噂は耳にしております！」

どういうことだ。ワケがわからない。

「一体どこから私の噂を……？」

「瓦版です。都の女はみんなこの煌びやかな後宮に憧れています。そこで起きる事件なんて……もはや物語のよう！」

すると、翠樹はおずおずと一枚の紙を麗霞に差し出した。

そこには粗い和紙に麗霞らしき侍女の挿絵と、長ったらしい文章が書かれていた。

「妃暗殺の疑いをかけられても尚、諦めず裏から後宮を救った凄腕侍女。彼女の存在なくして、今の朝陽国はない──⁉」

書かれた文章をそのまま読んで、天陽は絶句した。

それを一緒に読んでいた静蘭が不自然なほどにんまりと微笑んでいる。

「な、なんだこれは」

「宮廷と国民の距離をもっと近づけようと秀雅様がはじめられたのです。『後宮日記』として宮廷や後宮での出来事を一部脚色して国民たちに見てもらおうという試みです。閉塞的な後宮から、親しみやすい開かれた後宮に——ということです」

「麗霞様は後宮を陰から守る凄腕の侍女！　都の女子はみんな、貴女様に憧れているのです！」

「な、なにが一部脚色だ！　大いに盛っているではないか!?」

思わず瓦版を握りしめながら天陽は叫んだ。

確かに、半年前の騒動は麗霞の活躍のおかげでおさまった。しかし、この挿絵に描かれている美女は明らかに現実の麗霞とはかけ離れている。

おまけにとんでもない美人で才色兼備の最強の侍女と評されているではないか。

あまりにも現実とかけ離れた内容で勝手に羨望の眼差しを向けられるのは本人も困るのではないか。というか、現に自分が困っている。

「誰だ、こんな無茶苦茶な記事を書いたのは！」

「私です」

さも当然のように静蘭は手を挙げた。

静蘭なら麗霞がこのように見えていても当然だろう。いや、ちょっと待て。

「……静蘭、さっき、ひっきりなしに見合いの声がかかっているといっていたな」

こくり。

「それはこの瓦版とやらのせいでは？」

こくり。

「つまり、この事態を招いたのは――」

「私の文才と麗霞の素晴らしさが招いてしまった悲劇ですね」

「お前のせいじゃないかああああああああああっ！」

天陽の絶叫が響き渡る。

「ご指導ご鞭撻（べんたつ）のほどお願いいたしますね！　麗霞様！」

期待の眼差しが痛いほど突き刺さる。

こうして天陽の穏やかな日々は終わり、彼の受難もまた始まろうとしていた。

一つ、身代わりになっている麗霞の命を守るべし

二つ、麗霞の心を射止め、見合いを阻止すべし

三つ、翠樹の心を射止め、女心を学ぶべし……？

＊

翠樹は呑み込みがとても早い少女だった。

「他になにをすればよろしいでしょうか！」

長い廊下の雑巾がけを瞬く間に終わらせ、額に滲む汗を拭いながら輝かしい笑顔でこちらを見た。

「いやあ、使える新人が入ってくれて助かるねえ麗霞。私たちの仕事も楽になるよ」

天陽の肩を抱きながら杏（きょう）が微笑ましそうに翠樹を見下ろした。

「翠樹ちゃんは麗霞のことが好きなわけ？」

「はいっ！　麗霞様は憧れの存在です！」

その笑顔が眩（まぶ）しすぎて直視できない。

きっと麗霞ならば自身に真っ直ぐ向けられた好意を上手く受け流すことができるのだろうが――天陽はそれがあまりにも下手だった。

「午前中の掃除はこれで終わりだ。これから昼食を挟み、午後からはまた別の仕事になる」

天陽はさりげなく視線を逸らす。

「それでしたら麗霞様、西宮の中を案内してください！　早く間取りを覚えて、仕事をこなせるようになりたいのです！」

「ちょっ――」

有無をいわさず、翠樹は天陽の手を引き歩き出した。

助けを求めに杏のほうを見たが、彼女は「頑張れ先輩」とにこやかに手を振っているではないか。

(私が翠樹の心を射止めるどころか、相手が勝手に好いてくれているではないか！)

変な人間にばかり好かれる麗霞を天陽は恨んだ。

どこまでいっても彼女には敵わない。そもそも、翠樹と会っているところが麗霞に知られなければ嫉妬心など抱かせられるわけもない。

だいたい麗霞が自分に嫉妬なんかするのか……？

(ないな。絶対にない)

なんてことを考えていると、無意識に深いため息が出てしまっていた。

「麗霞様、麗霞様。私なにか麗霞様のお気を悪くするような振る舞いをしてしまいましたか？」

「い、いや……」

ぴたりと足を止め、翠樹がこちらを振り返る。

小動物のような潤んだ目で翠樹が見上げていた。

「そうですよね……私、少し空回りしすぎていましたね」

しょんぼりと翠樹が肩を落とす。

気がつけば二人は西宮の端、人気のない渡り廊下に来ていた。

「私、この後宮で働くのが……麗霞様に会うのが夢だったのです。ですからその熱意が麗霞様のご迷惑になっていたら申し訳ありません」

「そんなことない。仕事熱心なのはいいことだと思う。ただ……私は人から真っ直ぐに好意を向けられることに慣れていなくて」

そういうと、翠樹は嬉しそうに微笑んで天陽の手を握った。

「本当ですか!? 嬉しいです！」

キラキラと輝く瞳。その目に自分が映る度、天陽は申し訳なく思った。

彼女が熱意を向けるのはあくまでも『白麗霞』。入れ替わった自分ではない。

「……でも、ひとつ不思議に思うことがあるのです」

「なに？」

「貴女は本当に『麗霞様』なのですか？」

鋭い指摘にどきりと天陽の鼓動が速まる。

「お噂では、麗霞様はもっと明るく、いつも仲間に頼りにされ人に囲まれている太陽のような存在だと……杏お姉様や他のお姉様方からお話を聞いていました」

「……っ」

彼女のいうとおりだ。この『白麗霞』は偽者だ。

やはり自分は人を幻滅させるだけだ。天陽は肩を落とし、その視線はさらに下へと向かっていく。

「あの瓦版はただの創作。実際の私と会って幻滅した？」

「いいえ」

握られたままの手に力がきゅっと込められた。

その瞬間、ふわりと甘い香りが漂った。

「幻滅なんて致しません。私は麗霞様にずっとお会いしたかったのですから」

翠樹が抱きついてきたのだ。

まるで恋人にそうするように、天陽の背中に手を回し力強く抱きしめている。

「うふふ……お姉様、可愛い」

その瞬間、翠樹の目つきが変わった。

ちょこまかと後をついてくる小動物の目から、獲物を射貫く(いぬ)ような獣の目に。

「麗霞様、私の目を見てください」

そういわれて、目がかち合った。

翡翠の瞳が天陽を真っ直ぐ射貫く。なぜだかそこから目が離せない。

じっと見つめているとそこから動けなくなりそうな気がした。

(──動けない)

何故か身動きがとれなかった。

拘束されているわけでもないのに、指先ひとつ動かせない。言葉ひとつ発せられない。

「麗霞お姉様のこと、もっともっと教えてくださいな」

まるで接吻でもするかのように、翠樹の顔が眼前に迫ってきていた。

「──お取り込み中ごめんなさいね」

唇が重なる直前、気配もなく彼女は現れた。

「……静蘭」

「せ、静蘭様!」

そこにいたのは静蘭だった。

真顔で天陽をじっと見ている。驚いた翠樹が慌てて身を引いた。

「どこにいるかと思ってずっと捜していたのよ。こんな人気のないところで二人きり……愛を紡ぎあうにはまだ日が高すぎるのでは?」

女ばかりの後宮で、同性同士が恋仲になるのはそう珍しいことではない。

いやそもこれは未遂であるし、天陽には一切その気がないのだが——今は見つかった相手が悪すぎる。

「静蘭……これは……」

妙な後ろめたさから天陽の目が泳ぐ。

別にしゃんとしていればいいものを。そもそも翠樹の気を引けと命じたのは静蘭本人じゃないか。そうだ、自分は悪くない。

「翠樹、彼女は私の側付き(そばつき)なの。必要な仕事が終わって拘束されるのはあまりいい思いはしないわ」

（どの口がいっている！）

恐ろしい笑顔で静蘭は翠樹を見据える。

麗霞に嫉妬心を抱かせるどころか、先に計画者本人が耐えきれなくなっているではないか！

だが、翠樹も負けじと天陽の腕に自身の手を絡ませた。

「で、ですが、麗霞様は私の教育係！　後宮での生活を教えるようにと命じられたのは静蘭様ではありませんか！」

凄い力で引き寄せられる。

静蘭が笑顔のまま固まった。絶対零度の冷気が彼女からあふれ出ているような気がした。

「うふふ……今回の新人は随分と面白い子ね」

「はい！　だって、私は麗霞様に会うためにここにきたのですから！　たとえ静蘭様であろうとも、譲れません！」

二人のにらみ合いが続く。そこに挟まれた天陽は生きた心地がしなかった。

(何故私はいつもこんな目に遭うのだ！)

心の中で涙を流していると、静蘭が「まあ、いいわ」と折れたではないか。

「……そんなことより、大変なことが起きたの。それを貴方に伝えにきたの」

静蘭は翠樹を眼中にも入れず、天陽に歩み寄った。

「一体なにが——」

「明日、占術師の笙紫鏡が処刑されることが決まったそうよ」

「——は？」

青天の霹靂。

その事件は、後宮で唯一穏やかだったはずの侍女たちの日常を乱すことになっていくのであった——。

第四章 侍女、奔走する

「占術師を殺す!?」

「はい。明朝、執行致します」

笙紫鏡（しょうしきょう）の処刑執行の報告を受けた麗霞（れいか）はあんぐりと口を開いた。

机を挟んだ向かい側にはいつも通りに慈雲（じうん）が立っている。

「曲がりなりにも天帝（てんてい）を侮辱したのです。死罪が当然の判断でしょう」

「待って。私はなにも聞いてないんだが」

「お伝えしたら陛下が反対することは目に見えておりましたので」

いやいやいや、と麗霞は困惑しながら立ち上がる。

慈燕（じえん）もなにも聞かされていなかったようで、動揺で目を泳がせていた。

「そりゃ反対するに決まってる。ちょっと占いをしただけで首をはねてたら、命が幾らあっても足りない。第一、何度いっても貴方たちときたら占術師さんに会わせてくれなかったでしょう」

「命を狙う者をおいそれと天帝に近づけるわけがありません」

「直接話を聞かなければ、相手の考えなんてわからない!」

「甘い！」

机を叩きながら睨む麗霞を慈雲は一喝する。

「無駄な殺生はせず、誰にでもお優しいのはいいことですが……度が過ぎるお人好しは我が身を滅ぼしますぞ！　それにこれは我らが宰相たちの総意です」

「この国の長は天帝だ！　私は許してはいない！」

一歩も引かぬ麗霞だが、慈雲はそれを鼻で笑った。

「ふっ、これまで怠けていた人間がなにを急に……」

「それは天帝に対する侮辱か、慈雲！」

ここで舐められたら天陽の名折れだ。だからこそ麗霞は焦り、声を荒らげる。

だが熱くなればなるほど、慈雲が白けていることに麗霞は気づかない。

「陛下、それ以上は――」

慈燕が止めたところでもう遅かった。

「ふがいない天帝に代わり、これまで必死に政務に励んできたのは宰相たちです。今更偉そうに口を挟まないでいただきたい！」

「っ！」

厳しい言葉に、麗霞はぎり、と唇を噛んだ。

慈雲がいうことはもっともだろう。

天陽が表立って政務につくようになってからまだ半年しか経っていない。

これまで操り人形だった彼にいきなり古参の年寄りたちが従うはずもないのだ。

それは慈燕も承知のうえだろう。なにもいい返せず、悔しそうに拳を握りしめているだけだ。

「陛下も考えが甘すぎるのですよ。たとえ裏があったとはいえ、皇后様は一度貴方様を廃そうとした身。おまけに裏切り者の妃を侍女として迎え入れるなど――いつ寝首をかかれても知りませんよ？　私だったら問答無用で追放しますがね」

「……秀雅を侮辱しているつもりか？」

「おや、思わず口が滑ってしまいました」

麗霞がどれだけ凄んでも、慈雲には一切効かないようだ。

ぐるぐると唸りながら今にも飛びかかろうとしている麗霞を見て、彼はもう一度はっと鼻で笑い飛ばした。

「陛下はなにも考えずともよいのです。頭が無能なほど、よい臣下が生まれる。人形は人形らしく、偉そうに玉座に座っていればよいのですよ。では――」

ほくそ笑み、部屋を後にする慈雲の背中を麗霞はじっと睨み付けていた。

「あああああっ！　くそくそくそっ！　悔しすぎる！」

彼の姿が消えた途端、麗霞は苛立たしげに頭を掻きむしる。

「慈燕さん、どうにかならないですか！」

「……この数日で、兄上はすっかり長老たちを手懐けた様子。私に情報を漏らさず内々に決められたということはそういうことだろう」

慈燕も悔しげに頭を抱えた。

つまり慈雲は天陽を守るといいながら、この宮廷の長老たちに取り入り慈燕の座を奪ったということだ。

「入れ替わりと天陽様暗殺にすっかり気を取られていた。私の責だ」

「そうなってしまったことを後悔しても遅いですよ。反省して、早く次の手を打たないと……慈雲さんはこのままここを牛耳って、天陽様の弟に天帝を継がせるつもりなんだから」

椅子に座り、麗霞はふーっと息を吐く。

「……意外と冷静なんだな。もっと取り乱すかと思っていた」

「そうですね。人って怒ると意外と冷静になるものなんですね」

はじめて知ったよ、と呟きながら麗霞は乱れた髪を整えようとかき上げた。

「何故お前がそこまで怒るんだ。お前はただ巻き込まれて身代わりになっているだけだというのに」

「そりゃ怒りますよ。怒るに決まってる。慈燕さんも、秀雅様も、そして天陽様も……他人なんかじゃない。私にとって大切な友達なんだから。だからこそ……李慈雲、あの人だけは絶対に許さない。なにがあってもぎゃふんといわせて、謝らせてやる」

追い込まれたときこそ白麗霞は燃え上がる。

それを表すように彼女の瞳にはぎらぎらと熱いものが漲っていた。

＊

「やはり、笙紫鏡の処刑が決まった……か」

その晩、麗霞の姿は枢宮にあった。

「秀雅様もなにも聞いていなかったんですか」

「私は政からは退いたからな。仮にそうでなくても、あの慈雲という男が私のところに話をもってくることはないだろう」

盃を揺らしながら、秀雅は動じず酒を呷った。

「しかし、天帝は天陽様ですよ？　幾ら、政に復帰したばかりだとはいえ……もう少し臣下の人たちがいうことを聞いてくれても――」

甘い。と秀雅が麗霞の言葉を遮った。

「暁明が即位して何年になると思う？」

「確か三年程でしたか」

「ああ。そして暁明が積極的に政に参加するようになったのは？」

「半年前、ですね」

「では、それまで誰がこの国の政を取り仕切ってきたと思う？」

「……秀雅様と宰相様たち」

「その通り。そこで、もし其方(そなた)が宰相だったとしよう。これまでぐうたらして腑抜(ふぬ)けていた天帝のために奔走していたというのに、いきなり彼がしゃしゃり出て政に口を出してきたらいうことを聞きたいと思うか？」

「……思いません」

そういうことだよ、と秀雅はけらけら笑いながら盃を空にした。

「で、でも。このままじゃ占術師が殺されてしまう。彼女はただ、天帝を占っただけですよ？　秀雅様だって処刑には反対でしょう」

「当然だ。だが、私は病に伏せっているただの皇后に成り下がってしまった。おまけに、あの慈雲という男が牛耳っているのであれば……私では手に負えないよ」

「秀雅様は天陽様のお傍にずっといたんですよね。なら、慈雲さんの弱みとかなにか知りませんか？」

「知らぬよ。なにせ私がここに嫁いできた頃には、奴はもう弟の暁光(ぎょうこう)の宮へ異動した後だったからな。一番彼のことを知っているのは天陽とその弟だろう」

ちらりと秀雅は慈燕に視線を向ける。

「……兄は、一度決めたことを曲げる男ではありません。それに、私の声は彼に届くことはないでしょう」

「ほら、実の弟がこういっているのだ。お手上げ状態だろう」

相変わらず慈燕は兄のことになると弱気なようだ。

降参の姿勢を取る秀雅に、麗霞はやるせなくため息をつく。

「――すまない、遅くなった」

新たな来客が現れたのはその時だ。

侍女の鈴玉（りんぎょく）に連れられてやってきたのは天陽と静蘭（せいらん）の二人だった。

「随分と遅い到着じゃないか。先に飲んでしまったぞ」

「すまない。翠樹（すいじゅ）を撒くのに時間がかかってしまってな」

天陽はげんなりした様子で、僅かに襟元を寛（くつろ）がせた。

耳馴染みのない名前に麗霞は首を傾げる。

「翠樹？」

「新人の子よ。今、天陽様が教育係として色々教えているの。もう、天陽様にべったりでねえ……うふふ。私以上の執着をみせているわ」

「……そ、それは怖いな」

静蘭の話に麗霞は顔を引きつらせた。

愛が重い従姉妹に「私以上の執着をみせている」といわしめる新人とは一体どんな子なのか、一目見てみたいと思ったが――それはそれで怖いので遠慮しよう。

「それで、麗霞や私たちを呼び出して一体なんの用だ、秀雅」

どことなく張り詰めた空気を察しながら天陽は秀雅を見る。

「なに、たまには気晴らしを兼ねて酒を酌み交わそうと思っただけさ。そうしたら早速、麗霞が愚痴を零しだしてなあ。腑抜けな天帝のせいで宰相たちが一切いうことを聞かず、処刑のひとつも止められないと嘆いているのだよ」

「ちょっ！　私そんな風にはいってないんですけど！」

麗霞が慌てて止めるが、一言一句天陽の耳に届いてしまった。

彼は一瞬目を丸くしたが、腑に落ちたように肩を落とした。

「笙紫鏡の処刑のことか。すまない……私が不甲斐(ふがい)ないばかりに……」

「そこで怒らず素直に謝ってしまうのが天陽様のいいところであり、悪いところですよねえ」

「しおらしさは大事だが、時には憤慨したらどうなんだ。全く、男らしくない」

静蘭と秀雅からコテンパンに貶(けな)され、天陽はどんどん小さくなっていく。

「そんな二人して天陽様を責めなくても！」

「あーあ、また麗霞に慰めてもらうのですか。天帝でありながら、侍女に気を遣わせて……へこたれるなんて情けない」

「私は……やはり天帝失格だ……」

散々煽られ、とうとう天陽は壁のほうを向いてしゃがみ込んでしまった。

「あああああっ！　ほら、また後ろ向きになっちゃったじゃないですか！　折角やる気出して頑張ってたのに！」

「頑張って褒められるのは童だけだ。天帝として立ったのであれば、頑張るのは当たり前。周囲に認められねば意味はない」

確かにそうだけど、と麗霞が言おうとしたところで秀雅が笑った。

「だからこそ、其方の出番だとは思わないか？　麗霞」

「……私？」

「天陽とは真逆で、前向きで漢気溢れる其方が天帝とはなんたるかを見せつけてやればいい。一度傅いてしまえば、人は自ずとついてくるものさ」

またふっかけられた無理難題に麗霞は顔を引きつらせた。

「私にどうしろと⁉」

「天陽を守り、国を守るんだろう？　このままでは李慈雲のいいようにされて天帝の座は奪われる。そうなれば……私との勝負は其方の負けだ」

「ぐ……っ」

その通りだ、と麗霞はぎりぎと歯を食いしばる。

なんで。自分はただ天陽と入れ替わって身代わりになって巻き込まれただけなのに……！　でも確かに、このまま負けるのだけは嫌だ。

誰に売られた喧嘩でも、負けて終わるのだけは絶対に嫌だ。

「天陽様はどう思っているんですか？　このまま慈雲さんに好きにされてもいいと？」

麗霞が声をかけると、壁で膝を抱えている天陽がゆっくりと顔を上げた。

「悔しいに決まっている。でも、今私の中にいるのは其方(麗霞)だ」

「私……やってみたいことがあるんですけど。動いてみてもいいですか？」

そういうと天陽は立ち上がり、麗霞を見た。

「好きにやってくれ。私は其方で、其方は私だ。其方がどんな選択をしようとも、私がしっかり責任を取る。それくらい腹を据えて、天帝の座についたんだ」

天陽の言葉に秀雅と静蘭が微笑んだ。

「もうひとつだけ確認です。天陽様は笙紫鏡の処刑をどう思っているんですか？」

「反対だ。この後宮で無闇に血を流すのはもう御免だ」

「……了解」

「だ、だが……無理はするなよ。其方がそこまで必死になる必要はないのだから。其方はただ、ひと月が過ぎるまでの間無事に過ごしてくれればいいのだから……」

天陽のしっかりモードは一瞬で終わる。

すぐにあたふたと他人のことを気遣いはじめた彼に、麗霞は思わず吹き出した。

「ははは〜っ！　天陽様は本当にお人好しですね。別に無理していませんよ。私はこれ以上大切な人をけちょんけちょんに貶されるのが嫌なだけです」

目に浮かんだ涙を指で拭いながら、麗霞は続ける。

「それにね、陛下。私は貴方が背中を押してくれるから頑張れるんですよ」

「え……」

「ただの侍女になにができるかわかりませんが、やるだけやってみます。だから、みんなにもお願いしたいことがあるんです」

「お願い？」

全員が首を傾げる中、麗霞はにやりと笑いながら天陽の耳元で囁(ささや)いた。

「そ、そんなことで処刑を止められると思っているのか!?」

「どうなるかはやってみないとわかりませんよ。一人の力は弱くても、束になれば大きな力になります。今こそ後宮女子の底力を見せるんです！」

ぐっと握った拳を高く掲げる。

「慈雲さんをぎゃふんといわせるんです！　私たちを馬鹿にするなよ！　って！」

「……麗霞、其方は本当に面白い女子だ」

決起集会というわりには、枢宮には楽しげな笑い声が響いていた。

占術師、笙紫鏡の処刑は明朝。残された刻限は僅かだ。

状況は圧倒的不利。だが、麗霞の作戦は少しずつ動きはじめた――。

＊

「おはよう、慈雲」

さすがの慈雲も固まった。

夜明け前、まだ寝間着姿の慈雲が外の空気を吸おうと部屋の外に出てみれば、そこに天帝が立っていたからだ。

「こんな朝早くからなんのご用で」

「慈雲のように遠回しに話を進めるのは苦手だから単刀直入にいおう。紫鏡の処刑をやめてほしい」

「はっ……寝言は寝ていってください」

無謀な話を慈雲は鼻で笑い、扉を閉じようとするが、それよりも早く麗霞は扉を摑んだ。

「夢遊病にでも見えるか？　一応、真面目に話してるんだが」

「たかが占術師一人のために、陛下がなぜそこまで必死になるのか理解しかねます」

「その一人の命が、大きな意味を成すかもしれない」

ニヤけ顔を浮かべる麗霞を慈雲が心底くだらなそうに睨む。

「なんですか、その気色悪い笑みは」

「いいや。やっぱり何度いっても駄目だったなあ……と思って。ところで、慈雲はこんな朝早くからなにをしていたんだ？　あれは、文？」

扉のすき間から、麗霞は彼の部屋を覗いた。

文机には紙が広げられており、なにやら書きかけの文章が見えていた。

慈雲は僅かに眉を顰めると、その体で麗霞を押しやり部屋の扉を閉めた。

「私が何をしようと陛下には関係のないこと」

「私情に首を突っ込むのはお節介のすることだね。いや、失礼」

「……陛下は本当に一体なにをしに来たんですか」

「一言、伝えたいことがあったのさ」

重いため息をかき消すように、麗霞は微笑んだ。

「貴方が好きにするというなら、私も好きにさせてもらう。一応、それを伝えておこうと思っただけ」

「……はあ？」

「じゃ、また後で。刺客に狙われたら困るから、私はさっさと部屋に戻るとするよ」

それだけ言い残すと、麗霞はそそくさと慈雲に背を向けた。

「──あれは、誰だ？」

その姿を見つめながら、慈雲は訝しむ。

「あれは私が知る天陽様ではない。占術師がいっていたことは、あながち間違いではないのか？」

そう呟きながら、慈雲は懐から小さな手帳を取り出した。

《陽暁明が真の天帝たるか見極めよ。もし彼が天帝の器ではなければ、須く次の天帝を置かねばならぬ。さもなくば、この朝陽は滅びる》

その文章を読みながら、彼は小さく息をつく。

「アレが何者にせよ、私は私の使命を果たすのみ。そうですよね、暁光様──」

その呟きは誰の耳にも届くことなく、高い空が呑み込んだ。

＊

「――これより占術師笙紫鏡の処刑を執り行う！」

慈雲の声が、処刑場に響き渡った。

宮廷には公開処刑場が設けられている。かつてはここで何人もの罪人の首が刎ねられたが、ここ十年ほどは使われることがなかった。

処刑場の中心には、手足を拘束され目隠しをされて跪いている紫鏡の姿が。

そしてその場を囲むように、観客席には多くの侍女たちが集まっていた。

その中には皇后をはじめとした各宮の妃、そして天陽の姿もあった。

皆、緊張した面持ちで紫鏡の姿を見つめている。

「麗霞にいわれた通りに動いたが……本当にこんな作戦で大丈夫なのか」

「私たちはやるべきことをやりました。後はあの子に任せましょう」

「しかし……当の本人が来ていないではないか！」

天陽が焦るのも当然だ。実際、皇后の隣は未だ空席で、麗霞が姿を見せる気配はない。

（どうしてあの者はいつも遅れて来るのだ！　このままでは――）

天陽の嫌な予感は的中する。

執行人が伺いを立てるように壇上にいる慈雲を見上げると、彼は大きく頷いた。

「――刻限通り、大罪人笙紫鏡を斬首刑に処す！」

再び慈雲の声が轟く。

それを合図に執行人は高々と剣を振り上げ、紫鏡の首目がけて振り下ろす——。

「ちょっと待ったあああああああああああああっ！」

場を震わせる大声に、凶刃がぴたりと止まった。

だが、その声の主の姿が見当たらない。

全員がざわつきながらそれを探していると、処刑場の扉が開かれた。

「その処刑、待たれよ」

主役はいつも遅れてやってくる。

そこに立っていたのは天帝——白麗霞だった。

「処刑を止めるなど、なにをお考えで!?」

「それは私の台詞(せりふ)だ！」

麗霞の登場に苛立ち立ち上がる慈雲。

そんな彼を睨みあげながら、麗霞はずんずんと大股で紫鏡のもとへ歩み寄っていく。

「この処刑、私の耳には入っていない！　なのに好き勝手にこそこそと動くなど……

其方たちこそなにを考えている!?」

「この処刑は陛下の御身を案じてのこと。我がままもいい加減にしていただきたい！」

大声で啖呵を切る麗霞を止めるべく、慈雲はとうとう彼女の前に姿を現した。

　鬼の形相で睨みつけるが、麗霞は決して臆さない。

「我がままだと？　この国の長は誰だ？　そして、天帝の腹心は誰だ⁉」

　呆然としている処刑人の手から剣を奪うと、麗霞は紫鏡の手足の縄を切った。

　その迫力に、会場はしんと静まりかえる。

「私の許可なく、この後宮を血で汚すことは認めない。処刑は中止にしろ」

「この者は貴方の誅殺を図る極悪人――それを止めるというのであれば、それ相応の理由が必要になりますぞ！」

「はっ、この阿呆め」

「――は？」

　小馬鹿にしたように笑われ、慈雲の眉間に皺が寄った。

「其方たちは私の死に怯え占術師を殺すほど占いを信じているというのに……怨霊は信じないのか？」

「仰っている意味がよくわかりません」

　いいかい？　と麗霞は占術師を手で示した。

「相手は凄腕の占術師。そんな彼女をみすみす殺してみろ、それこそ彼女の思うツボだ。笙紫鏡の怨霊が私を呪い、それこそ七夕の日に呪い殺される可能性があるとは思わないか？」

その言葉に一同ひえっと息を呑んだ。

「霊にはどんな武器や攻撃も通じない。もし紫鏡が本当に私の暗殺を企(たくら)んでいたとしても、彼女を殺せば私を守る術は一切なくなるわけだ」

にやりと笑いながら、麗霞は慈雲と対峙(たいじ)する。

「だから、彼女を殺すのは得策ではない。正しくは、処刑の中止ではなく延期。笙紫鏡にはこの後宮に留(とど)まってもらい、ひと月後私が五体満足で生きていたら晴れて無実で釈放……という形でいかがかな？」

決まった！　と麗霞は胸を張り渾身(こんしん)の決め台詞を放つ。

しばらく沈黙が続き、慈雲がごほんとひとつ咳払いをする。

「百歩譲って陛下の意見も一理ありましょう。しかし……ひと月ここに滞在させるためには、それ相応の金がかかります。犯罪者を国民の血税で生きながらえさせると？」

「それなら簡単な話だ。働かざる者食うべからず。彼女にはここで働いてもらえばいい」

平然と言い切る麗霞に慈雲は目を瞬(しばたた)かせた。

「後宮には占い好きの侍女がごまんといる。彼女たちを一人十高(こう)で占えばいい。一応容疑者故、その半分を国の取り分、もう半分を占術師の取り分にすれば……どちらも損はないだろう？」

「ほぉ……」

「紫鏡はここで稼ぎ、それを食いぶちとすればいい。みんなも得する話だと思わないか!? 朝陽イチの占術師に占ってもらえるまたとない機会だぞ!」

麗霞は両手を広げ、意見を求めるように観客席を仰ぎ見た。

最初は静まり返っていた観客席だが、一人の侍女が動き出した。

「……そ、そうよ! ここで紫鏡様を殺したら、朝陽国は国一番の占術師を失うのよ!」

「そうだそうだ! それこそ国の大損!」

「私たちも占っていただきたい～!」

「そもそも狙われてる張本人の天帝様が許すっていってるのに勝手に殺すなんてどういうことよ! 信じらんない!」

「やっぱり麗霞のいうとおり、見に来て正解だったわ!」

「処刑は反対!」「処刑は反対!」「処刑は反対!」

小さな声が束となり、それは会場全体に轟いた。

中には慈雲たちに向かって物を投げつける侍女もおり、慈雲は驚いた。

「天帝の命なき処刑など認められるはずがないだろう」

そういって、秀雅がほくそ笑む。

「血に塗れた後宮なんて気味悪いったらありゃしない。私たちの大切な住処を汚さないでくれる？」

「主君の命に反するなど、恥知らずめ」

それに続いて南宮の桜凜、東宮の雹月が冷たい目で慈雲を見下ろす。

(――天陽様、上手くやってくれたみたい)

後宮は女の園。

幾ら男の幹部たちが束になろうとも、女を敵に回せば数で敵うはずがない。

(麗霞の作戦は、昨夜のうちにありったけの侍女に声をかけ処刑場に赴かせること。そして秀雅たちは各宮の妃を処刑場に呼びよせた)

(そう。妃たちはみんな天陽様の味方。ここで私が動けば、妃たちも私に賛同して動いてくれる！)

麗霞と天陽はにやりと笑う。

これは麗霞が企み、そして天陽が実行した処刑阻止の作戦。

今、この場にいる全ての女子は天陽――麗霞の味方となった。

彼女たちの声援を受けながら、麗霞は再び慈雲を見る。

「さあ、これでも紫鏡を殺すつもりか？」

「……ぐっ」

「もし、紫鏡が裏切るようなことがあれば私が責任を持つ。それこそ……私の命をもって」

「………わかりました。いいでしょう」

慈雲が折れた瞬間だった。

俯き、悔しげに拳を握る彼を見て麗霞は拳を突きあげこう叫ぶ。

「笙紫鏡の処刑は中止だ！」

それに合わせて侍女たちの歓声はさらに大きくなった。

居たたまれずその場を去っていく慈雲一味を見送りつつ、歓声醒めやらぬ中、麗霞は座り込んだままの紫鏡のもとへ向かった。

「そういうことで、処刑は回避されたよ。占術師さん」

目隠しを解けば、ようやく笙紫鏡の顔が露わになった。

「さすがは天帝様。お見それ致しました」

黒髪、すき通った白い肌。

先程まで死の淵に立っていたというのに、紫鏡は朗らかに微笑んでいた。

「貴女、死ぬ寸前だっていうのに……よく笑えていたね」

「ええ。ボクには、ボクが死なない未来が見えていましたので」

久々の朝日に目を細めながら紫鏡は麗霞を見上げ、おや、と目を丸くした。

「おやおや……これは。中々奇妙奇天烈なことが起きているようで。中身が違う方とははじめて会いました」

「……へえ」

目を合わせるように麗霞は占術師を見つめた。

「はじめまして。笙紫鏡、ずっと貴女に会いたかった」

「ふふ。それは光栄です。お初にお目にかかりますね」

紫鏡の目には天陽の体の内に宿る麗霞が映っているように見えた。

「ねえ、もう一度聞いてもいい？　私は本当にひと月後に死ぬのかな？」

「それは、どちらのことですか？」

「……どちらも」

紫鏡はじっと麗霞の瞳を見つめたあと、数度瞬きをする。そして口元に弧を描きながらこう答えた。

「天陽様は七夕祭りの夜に死ぬ。そして、その間……貴方様には災難が降りかかるでしょう。いや、現時点で散々な目に遭っている、というほうが正しいかな？」

「はは……こりゃあ本物かもしれないね」

占い結果に麗霞は顔を引きつらせながら苦笑いを浮かべるのであった。

第五章 皇帝、占いに踊らされる

「麗霞は本当に凄いな。あの慈雲を打ち負かしてしまうのだから」

笙紫鏡の処刑騒動から一週間。静蘭の部屋で天陽はしみじみと呟いた。

「彼女はやるときはやりますからね。自慢の従姉妹でしょう？」

「其方も秀雅も、麗霞ならやるとわかっていて彼女を焚き付けただろう。私もまんまと乗せられてしまったわけだ」

じとりと天陽が静蘭を見ると、彼女はうふふと笑ってごまかした。

「よいではないですか、そのお陰でひとつの命が救われたのですから」

「もう、いっそのことずっとこのまま入れ替わっていたほうがお互いのためになりそうな気がするのだが……」

はあ、と天陽は重いため息をついた。

麗霞がなにかをやり遂げる度に、天帝として、そして彼女に想いを寄せる一人の男として自信をなくしていく。

白麗霞は誰よりも漢らしく、そして皆を惹きつけ従わせる天性の魅力がある。あの覇気こそ、皇帝に相応しい。

それに比べて自分は――。

「おや、私との勝負を諦めるのですか？　侍女に立場を奪われるなんて、それこそとんだ下剋上ではありませんか」

「……麗霞にならば譲ってやってもいい」

机に突っ伏す天陽の横に、静蘭は手をついた。

「私は許しません。一生麗霞の腑抜けた顔を見るなんて耐えられませんし……そもそも、天陽様が麗霞を妃としなければ、麗霞は貴方が顔も知らぬ男のもとへ嫁ぐことになるのですよ？」

「……そう、だった。それだけは避けなければならん」

はっと天陽は顔を上げる。

そうだ、このまま入れ替わりを解消しなければ麗霞は縁談相手のもとへ送られることとなる。そうなれば天陽はここを出なければならない。

「と、いうわけなので。本日も一日頑張りましょう」

笑みを浮かべる静蘭だが、相変わらず天陽は浮かない様子。

「いや……頑張りたいのは山々なんだが……」

「今度はなんの問題が？」

「それがだな……実は侍女たちが――」

静蘭が怪訝そうに首を傾げたとき、ばんと勢いよく扉が開かれた。

「静蘭様！　麗霞様！　西宮が大変なんです！」

翠樹が慌てて飛び込んでくる。かなり焦った様子で、静蘭に詰め寄った。

「一体なにごと？　また泥でも撒かれたのかしら？」

「いいえ。それが……お姉様たちがみんな働かないんですっ！」

「…………………え？」

侍女、突然の職務放棄。

予想外の出来事に、あの静蘭が驚き目を丸くした。

平穏な後宮で、ひとつの事件が起ころうとしていた――。

＊

「……最近、侍女たちが皆弛んでいる」

据わった目で秀雅がそう呟けば、揃った妃たちが皆一様に大きく頷いた。

ここは枢宮。妃たちが一堂に会し、情報交換を行う月に一度の茶会――の緊急集会が行われていた。そこには勿論、天陽も付き添っている。

「あの占術師が後宮に来たのが原因でしょう。まさか、我が勤勉実直な東宮の侍女たちも占いに惑わされるだなんて……」

劉雹月が悔しげに拳を握る。

東宮を管轄する武家の令嬢。現在は後宮の警備を高めるため、侍女たちにも自ら武術の手ほどきをしている剣客の妃だ。

「でも……占いって素敵でしょう？　朝陽イチの占術師に見てもらえるなら、みんな浮かれて当然よ」

朱桜凜が華やかな匂いを漂わせながらそう答えた。

彼女は南宮を治める商家の令嬢。常に華やかな衣装に身を包んでいる成金妃だ。

「そんなに占術師の影響は凄まじいのですか？　確かに、西宮の侍女たちも浮かれて仕事に手がつかない様子でしたが……一度占いをしてもらえれば、気が済むのでは」

「ああ……西宮にはまだ赴いていないのでしたね」

「今でそれなら、彼女が来た暁にはとんでもないことになるわよ」

同情するような雹月と桜凜の視線に、はてと静蘭は首を傾げる。

紫鏡が解放されて一週間。占術師一人に対し、各宮の侍女たちは少なく見積もっても百人以上。

とても一日で全員を見ることはできないので、何日かに分け紫鏡は各宮を順繰りに巡っているわけだ。

最初に東宮で三日。次に南宮で四日——そしていよいよ明日からは天陽たちがいる西宮の番。そのため、西宮の侍女たちは皆浮き足だち仕事が手につかなくなっていた、というわけである。

「静蘭、覚悟なさい。笙紫鏡の占いは本物よ」

桜凛が諭すように静蘭を見据えた。

「笙紫鏡が『そうなる』といったことは必ずその通りになる」

「あれは占いというよりは最早未来予知、ね」

「その口振りですと、お二人も占ってもらったので？」

うんうんと頷いていた二人は、静蘭がそう尋ねるとはたと顔を見合わせた。

「ええ。金運が上がるという占術結果が出たの。この財を持て余している私に今更金運上昇だなんて馬鹿馬鹿しいと思ったら……」

ばんっ、と桜凛が机を叩き立ち上がった。

「当たったのよ！　副業でやっていた、服飾業が！　私が考案した着物や装飾品が都の女子たちに大ウケ！　がっぽがっぽで笑いが止まらないわっ！」

輝く桜凛の目には銭の印がはっきりと浮かんで見えた。

大はしゃぎしている桜凛に全員呆れ交じりに苦笑いを浮かべる。

「雹月はどうなのだ？」

話題を戻すように秀雅に尋ねられ、雹月はこほんと咳払いをひとつ。

「私は、近々これまでの努力が認められると占われました。曖昧なことだったので、さして気には留めていなかったのですが――」

そこで言葉を止めると、彼女はごそごそと懐からなにかを取り出した。

「父上から免状が届いたのです！　我が劉家初めてとなる女子の師範代の免許皆伝！　これで大手を振って後宮で……そして近衛たちにも武術を教えることができるようになったのです！」

冷静沈着な雹月ですら目を輝かせ、嬉しそうに賞状を握り締めている。

「其方たちも完全に筌紫鏡に取り込まれているじゃないか……」

思わず天陽が呟いた瞬間、全員の視線が彼に注がれた。

「……な、なんだ」

「……あなた、白麗霞じゃないわね。その様子だと、また入れ替わってます？」

「そうですね。普段の陛下が処刑場に乗り込んであんな大立ち回りをするはずがない……それにあの時の口調、雰囲気。あれは完全に白麗霞でした」

桜凜と雹月にずずいと詰め寄られ、思わず天陽は仰け反った。

半年前の一件で、妃たちには麗霞と天陽の入れ替わりがバレていた。

「だ、だったらなんだというのだ……」

「そんなところでお立ちにならないで、お座りになってくださいな」

どうぞどうぞと、桜凜に手を引かれ秀雅の隣に座らされた。

白麗霞の姿で妃たちの輪に入るのはなんともいえない感覚だ。

(むず痒すぎる……)

どうしたものかと思っていると、ふと静蘭がわなないていることに気付く。

「どうした静蘭」

天陽は天帝とはいえ、今は侍女の身。主人と同じ立場に座ることはさすがの静蘭も怒るだろうと、慌てて席を立とうとした時だった。

「――いいっ!」

「……は?」

「なんて素晴らしい! 中身は天陽様とはいえ、麗霞が私たち妃の輪の中に入るなんて夢のよう! ああ、どうせなら派手な衣装を着せればよかった! そうすれば完全に妃ですもの!」

「お、落ち着け静蘭。私は天陽だ。断じて麗霞ではないぞ……」

鼻息荒く興奮する静蘭をそれとなく窘める。

そこでこほんと秀雅がひとつ咳払いをした。

「さて、話を戻すが。麗霞の策によって占術師の命は救われた……だが、思わぬ弊害を私たちが被ってしまっている、というわけだな」

「なにが問題なのだ。占術が当たるならそれに越したことはないだろう」

「暁明、其方のように……占いの全てが『吉』と出るわけではないだろう」

茶を啜りながら呟かれた秀雅の言葉に、天陽はあ、と声を漏らす。

「……ええ。ですから、今日は皆様に緊急でお集まり頂いたのです」

ようやく落ち着きを取り戻した雹月が皆を見据える。

「笙紫鏡が見た侍女たちの未来が全て現実となっているのです。良いことも、そして悪いことも」

「具体的になにが起きているんだ」

続きを話そうとした雹月を制し、桜凜が口を開く。

「頭に災難が降りかかるといわれた侍女は転んで石に頭を打ち付け、人間関係に難ありといわれた侍女は同僚と喧嘩。その後、暴力沙汰にまで発展したわ」

「つまり、侍女たちは占いに浮かれ、踊らされ、そして怯えているのか。だから既に紫鏡が回った宮の侍女たちも仕事どころの騒ぎではない、というわけだな」

「ええ。だからこそ、其方の出番だとは思わないか？　暁明」

また全員の視線が一斉に天陽に注がれた。

「な、何故そこで私の名前が出てくるんだ。西宮にはまだ占術師は――」

「でも、麗霞なら動くでしょう？」

静蘭の一言に天陽は固まった。

「麗霞なら真っ先に動く」

「あのお節介焼きが放っておくはずないわね」

「白麗霞ならこちらから頼まずとも勝手に動くでしょう」

それに続いて、雹月、桜凜、元妃の鈴玉までもが頷いた。

「妃に顎で使われる天帝なんて……聞いたことがないぞ」

「しかし、これは其方のためでもあるのだぞ？」

問題が山積みすぎて頭を抱える天陽に、秀雅はいつものように微笑みかけた。

「もし笙紫鏡の実力が本物ならば……其方の死は確実なものとなる。そして、処刑場での麗霞に対するあの口振り……もしや、紫鏡は既に其方たちの入れ替わりに気付いているのかもしれない」

「もし、入れ替わりがバレたなら……麗霞の中にいる天陽様が狙われましょう。それは同時に麗霞の危機でもある」

「妃として陛下の御身は必ず守ります。それが我々の務め」

「けれど私たちが無闇に動けば、敵に裏を掻かれてしまう可能性が高い」

円卓に座る天陽に、秀雅、静蘭、雹月、桜凜の視線が順々に向いていく。

まさに蛇に睨まれた蛙。頼もしくも恐ろしい妻たちに天陽はなにもいいかえせない。

「侍女の身なら後宮を自由に動ける。自分の身を自分で守るために、敵の懐に潜り込み、この占術が仕組まれたものか否か見極めろ……と」

天陽が顔をあげれば、全員がこくりと頷いた。

(いつまでも人任せにするわけにはいかない)

内気だヘタレだと今まで散々馬鹿にされてきた。そして今も、後ろ向きな姿勢が直らない。

(……いつも背中を押してくれるのは其方のほうだよ、麗霞)

思い出すのは麗霞が宿った自分の姿。

彼女の言動はまさに自分が理想とする天帝の姿。ならば、自分も彼女のように振舞えばいい。いつまでも人の陰に隠れ、守られているなんて、男として名が廃る！

「いいだろう。私は占いなど信じていない。必ずなにか仕掛けがあるはずだ。私が占術師の力を暴き、侍女たちの混乱をおさめてみせよう」

やる気に満ち満ちた天陽は意気揚々と立ち上がる。

拍手喝采を向ける妃たちにいいように使われているとは露知らず――。

＊

「今日も皆さん上の空ですね……」

　翌朝、いつも通りに廊下の雑巾掛けをしていた翠樹が汗を拭いながらそう呟いた。

　その傍で雑巾を絞る天陽は深いため息をついた。

「はあ……杏はいいなあ。私も早く見てもらいたいなあ」

「雑巾掛けした手で紫鏡様に占ってもらうなんて……それだけで凶になりそう」

　複数の侍女が、手すりに凭れながら遠くを見つめている。

「お姉様がた〜っ！　早くお仕事終わらせないと、占いどころじゃないですよ！」

　完全に心ここにあらず。懸命に話しかけている翠樹の声なんて耳に届いていない。

（……完全に上の空じゃないか。そんなに占術はいいものなのか）

　侍女たちの視線の先は中庭に立つ小さな天幕だ。

　あれは笙紫鏡の占いの館。とうとう噂の占術師が西宮にやってきてしまったのだ。

　館の前にはずらりと行列ができており、その中にはもうすぐ順番が回ってくるであろう杏の姿も見えた。

「駄目です、麗霞様。ぴくりとも動きません」

「こんな目の前に館があるなら、気になって当然だろう」

割り当てられた場所が悪かったと天陽は翠樹と並び、床を拭き走る。

「翠樹は気にならないのか」

「そりゃあ少しは気になりますけど。私は占いはあまり真に受けない主義なので」

「それに関しては同感だよ」

少々暴走気味なところもあるが、そういう堅実な考えも持っているのだと天陽は少し翠樹のことを見直した。

……とはいえ、天陽も少しだけ占いのことを気にしていた。

あれだけはっきり『死ぬ』といわれれば、誰だって怯えるだろう。

それがもし、あれだけ占いに熱中している彼女たちだったら一体どうなるか――少し想像しただけで恐ろしくなった。

そうして二人だけで雑巾掛けを終えようとしていた頃、慌ただしい足音が近づいてきた。

「みんな、聞いて聞いてっ！」

興奮した様子で杏がやってきた。

「占いの結果どうだったの!?」

「恋愛運がとてもいい、想い人と両想いになれるって！　それでね、実は今朝手紙が届いてて……緊張して中々開けられなかったんだけど、思い切って開けてみたの。そしたら——」

「そしたら？」

ずずいと侍女たちが杏に詰め寄る。

「次の休みに会いましょうって！」

「きゃあああああああああああっ！」

歓喜の大喝采。仕事中であることも忘れ、侍女たちは大盛り上がりしていた。

（悪い結果ではないようでよかった）

杏は麗霞にとって、そして天陽にとっても大切な同僚だ。彼女の未来は幸福なようで少しだけ安堵した。

するとと翠樹にじっと見つめられていることに気付く。

「な、なんだ」

「なんだかんだいって、麗霞様も占いを信じているんじゃないですか」

「いや……それは誰だっていい結果が出れば喜ぶだろう」

「ふぅん」

感情が消えたような虚ろな目に驚いた。しかしそれもつかの間、すぐに翠樹は笑みを浮かべる。

「さ、私たちだけでも真面目に働かなきゃですね！　次のところに行きましょうか！」

「ちょっ……」

ぐいぐいと背中を押され、侍女たちの輪から離れそうになったときだった。

「──みんな、楽しそうね」

「うわっ!?」

ひょこりと静蘭が顔を出した。

気配もなく現れた主の姿に、歓喜の声を上げていた杏たちも静まり返る。

「桜凜様や雹月様の仰ったとおり、みんな占いが大好きなのね」

「……も、申し訳ありません。すぐに仕事を」

静蘭の優しい笑顔が怖すぎる。

皆さっと青ざめ、そそくさと仕事に戻ろうとするのだが、それを静蘭が引き留める。

「いいのよ。いっそのこと今日はお休みにしましょう。いつも頑張ってくれているんだもの、一日ぐらい休んだって大丈夫でしょう」

「え」

「紫鏡様は大変だと思うけれど、今日は時間の許す限り占ってもらいましょう。それでまた明日から頑張ればいいのよ」

「静蘭様あああ！」

　女神のような言葉に侍女たちは感激の声を上げた。

　そして蜘蛛の子を散らすように皆一斉に中庭に向かっていく。

「静蘭、よかったのか？」

「ええ。だから、これから占ってもらいに行きましょう？」

　徐に静蘭に手を取られた。

「私も一度占ってもらいたかったのよね。ついでだから貴方も見てもらえばいいわ」

「お、お待ちください！」

　しかしそれを翠樹が止める。

「なにかしら？　掃除なら今日はもうお休みにしていいわ。それとも……それ以外になにか彼女にご用が？」

　翠樹を見る静蘭の瞳は恐ろしかった。

　まるで自分のものに気安く触れるな、と牽制しているようだ。

「わ、私もお供してよろしいでしょうか！」

「はあ!?」

「麗霞様がどんな未来を占われるのか気になりますし……もし、不吉なことが起きるというのであればお傍でお守りしなければ！」

「ただの上司だというのに、随分なご執心ぶりね」

「麗霞様は私の憧れですから！　ねっ、麗霞様!?」

いつの間にか、右腕を静蘭に、左腕を翠樹に摑まれていた。

(男の時よりモテるじゃないか……)

まさに両手に花。

愛が重すぎるのも困りものだと、天陽は深いため息をつきながら引きずられていったのであった。

＊

「なんだか今日はとても忙しいなあ」

天陽たちが天幕に入ると、紫鏡はにこりと微笑んだ。

「貴女のお陰で侍女たちが仕事に身が入らなくてね……今日はお休みにしたの」

「おやおやそれは失礼致しました。しかし、お妃様自ら足をお運びになるとは」

「占っていただけるかしら？」

静蘭がそう尋ねれば、紫鏡は笑みを崩さぬままもちろんです、と答えた。

「それではまずは静蘭様から……」

促されるまま席についた静蘭を紫鏡は水晶玉越しに見つめる。

「……貴女の未来はよくわからない、静蘭様」

「あら。他の妃様たちからあなたの実力は本物だと伺っていたので楽しみにしていたのだけれど」

残念がる静蘭に紫鏡は呆れたようにため息をつきながら首を横に振る。

「わからないのではなく、見えないのです。静蘭様の頭の中が、ひとつのことで埋め尽くされておりますので……」

ちらりと紫鏡と目が合った天陽は嫌な予感がした。

「静蘭様、貴女の頭を占めているのは一人の人間のことだけ。それがあまりにも大きすぎて、それ以外の過去も未来もなにも見えないのです……つまりは、愛が重い」

こんなのはじめてだ、と紫鏡は眉間を押さえながら肩を竦めた。

「うふふっ、どうやら私の愛は本物のようですね」

占いなんて一切されていないのに、静蘭は大層満足げに微笑んだ。

その愛の矛先が誰に向けられているのかは聞かずとも明らかだ。

(同情するぞ……麗霞)

思わず寒気が走り、天陽は腕をさする。

恐らくこの体の持ち主は今頃くしゃみでもしているに違いない。

「さ、次はそこの可愛い侍女さん二人だね」

まずは、と天陽を指す。

「こんにちは。お名前は？」

「……白麗霞」

おずおずと答えると、紫鏡は僅かに目を丸くして天陽を見つめた。

「ねえ……それ、本当の名前？」

どきりと胸が高鳴った。

まるで見透かされるような視線に、思わず逃げ出したくなる。

「ま、いいか。じゃあ、麗霞。占うからそこに座って」

「あ、ああ……」

机の前に置かれた小さな椅子に腰かけるなり、紫鏡は天陽の手を取った。

撫でたり握ったりを繰り返しながら、なにやら彼女はうんうんと頷いている。

「ははっ、こんな面白いこと本当にあるんだねえ」

楽しそうに笑いながら、紫鏡は軽く水晶玉を撫でた。

「色々聞きたいこととといいたいことがあるんだけど……ここは人の目が多いからね。

ひとつだけにしよう」

天陽の手を握りしめていた紫鏡の顔から笑みが消えた。

「気をつけて」

「……なにを？」

「君は大きな出来事に巻き込まれている。もしかしたらそれは……命に関わることかもしれない」

「それは、死ぬということか？」

「どうだろう。死ぬかもしれないし、死なないかもしれない。君は静蘭様とは別の意味で未来が見えづらいからね」

その間、瞳は一切逸らされなかった。

決して冗談などではない。

自分が命を奪われるといわれたときと同じような感覚に陥った。

「これは、未来を切り開くための忠告だ。君が変われば未来も変わる。君はもっと自分に自信を持つべきだ。それが周囲の人のためになる」

大丈夫だよ、と安心させるように微笑まれた。

穏やかな声、柔らかい眼差し。侍女たちが占いに熱中する気持ちが少しだけわかったような気がする。

「さて、最後は一番小さなお嬢さんだね。お名前は？」

最後に指名された翠樹は緊張気味に前に出た。

「流翠樹（るうすいじゅ）、と申します」

「……ふふっ。君たちは本当に面白い三人組だね」

くすくすと楽しそうに微笑みながら、紫鏡は水晶玉を撫でた。

「うーん……そうだなあ……おやあ……」

わざとらしく水晶玉を撫で回しながら、独り言を呟いている紫鏡。

すぐに終わった二人と違い、翠樹の占いには随分と時間がかかっていた。

「……なにかよくないことでもあったのですか？」

「そう、だね。心して聞いてほしいんだけど……」

ようやく手を止めた紫鏡に翠樹はごくりと息を呑む。

「君、狙われているよ」

「ね、狙われている……とは？」

「言葉通りだ。君をずうっと狙っている人がいる。単独行動は気をつけることだね。下手をすれば、死んでしまうかもしれないよ？」

「死……!?」

突然の死の宣告に翠樹は両手で口を塞ぎ、後ずさった。

「どういうことだ!?　彼女に危険が迫っているということか!?」

「はっきりとは教えられないよ。ここでボクが詳細に未来を話してしまったら、未来が変わってしまう可能性がある。未来というものはとても不安定だからね」

「人を不安にさせておいてなんて無責任な！　まさか適当にいっているわけではないだろうな!?」

彼が怒ろうとも、紫鏡は全く気にせずくすりと笑った。

翠樹を守るように天陽が前に出る。

「ふふ、ボクを信じるも信じないも君たち次第だよ。さ、占いはこれでお終い。さすがに働きづめは疲れるよ。少し休憩するから出ていってくれる？」

紫鏡は三人の背中をぐいぐいと押しながら天幕の外へと促す。

「じゃ、またね。ああ……白麗霞だっけ？　君とはまたお話ししたいから、今度は一人でゆっくり遊びに来てね」

彼女は天幕のすき間から手を振りながら、外にできた行列に向かい「お昼休みにするから一時間後にまたおいで」とだけ告げて中へ隠れてしまった。

「……狙われている」

よほど紫鏡の占いが効いたのだろう。翠樹は顔面蒼白になっていた。

「なにか心当たりはないのか？」

「ありません！　だって私、後宮に知り合いなんておりませんもの！　それに恨まれるようなことだってなにも……」

震えた手を握りしめながら翠樹は必死に答える。

「どうしましょう、麗霞様！　私は……死んでしまうのですか!?」

涙目で縋（すが）り付かれた。占いは信じていないと豪語していた翠樹でさえ、死を宣告されればこんなに取り乱す。

（こうやって侍女たちを弄び楽しんでいるのか……紫鏡）

笑顔のまま年若い少女に死を告げた占術師に天陽は苛立ちを覚えた。

「案ずるな、翠樹。紫鏡は『単独行動は気をつけろ』といっていた。なら、しばらくは私と共に行動すればいい」

「麗霞様……私のために……」

「それならしばらく私の部屋に泊まるといいわ」

感激に目を輝かせていた翠樹は、静蘭の提案に顔を強ばらせた。

「……え？」

「妃の部屋に無闇に入ろうとする人間はいないでしょう。元々麗霞も、私の部屋で寝泊まりすることが多いんだし。二人より、三人。良い考えだと思うけれど？」

「し、しかし……私のような新参者が、静蘭様のお部屋に侍（はべ）るだなんて」

「あら？　私がいいといっているのに、来るのが嫌なのかしら？」

「……い、いや」

流石（さすが）の翠樹も、静蘭の強い押しには敵わないらしい。

「じゃあ、そういうことで決まりね。翠樹、荷物をまとめて早速私の部屋にいらっしゃいな」

「静蘭様はよほど麗霞様と離れたくないのですね。親離れできないと嫌われてしまいますよ」

どことなく悔しそうに翠樹は静蘭を見る。

「親だなんてそんな偉いものとは思っていないわ！　私は……ただ、麗霞と一秒たりとも離れず一緒にいたいだけ。心を許せる身内は彼女一人だもの。私一人になったら寂しくて死んじゃうわ」

「……本当に、愛が重い」

静蘭に抱きしめられながら天陽はやれやれと何度目かのため息をついた。

この二人とともに生活するのは心底骨が折れそうだが、静蘭が傍にいれば頼りになることも多い。

（紫鏡、其方の思い通りにはさせないぞ）

紫鏡が読む未来の真実を知りたい。

そしてこれ以上後宮を混乱に陥れるのであれば——彼女こそが本当の敵かもしれない。

そんな天陽の予感は、間もなく的中することとなる。

＊

「夢見が悪くなるといわれたの……怖くて眠れないわ」

ある者は、眠ることを恐れた。

「ちょっと、私の後ろに立たないで！　背後に気をつけないといけないの！」

ある者は、背後から襲われることを恐れて壁に背中をつけて歩くようになった。

「高いところから落ちるっていわれたの……階段は上れないわ！」

ある者は、高いところを恐れた。

占術師筌紫鏡の影響は、じわりじわりと後宮を侵食していった。


それから間もなくして、再び枢宮に妃たちが招集され茶会が開かれた。

「東宮も南宮も……そして西宮もすっかり侍女たちが怯えきっている。とうとう危惧していたことが起きてしまったようだ」

秀雅が憂鬱そうに茶を啜った。

「全く、みんな占いに一喜一憂しすぎなのよ。心配するだけ無駄だっていうのに」

呆れ気味に桜凜が大きなあくびをする。

「桜凜様、紫鏡から金運が上がる幸運の色を教えていただいたそうじゃないですか。なんでも黄色を身につけるといい……とか」

　鈴玉の言葉に皆一斉に桜凜を見た。

　いつも赤い着物を着ている彼女が珍しく、黄色の衣に袖を通していた。

「十分踊らされているではないか」

「う、うるさいわねっ！」

　冷静に天陽が突っ込めば、桜凜の顔がみるみる真っ赤に染まった。

「ところで、見ない顔が一人いるが……その者は」

　今度は皆の視線が天陽に向けられる。

　正しくは天陽の後ろに隠れている侍女に、だ。

「西宮に最近入った新人の翠樹、という者です」

「お、お初にお目にかかります。流翠樹……と申します」

　紹介された翠樹は天陽の陰からひょこりと顔を出し、簡潔に挨拶をすると再び隠れてしまった。

　それを見て秀雅は目を見開く。

「静蘭が麗霞以外の侍女を連れてくるなんて珍しいことだ」

「実は翠樹は『誰かに狙われている』と紫鏡様に占われたようで、万が一のことを考え現在私たちと行動を共にしているんです。数日前は気丈に振る舞っていたのですが……現在はこのように怯えきってしまって」

怯えきっている翠樹に静蘭は呆れ交じりにため息を零した。

「本当に狙われているんですっ！」

それに反発するように、再び天陽の背後から顔を出した翠樹がそう叫んだ。

「昨晩、廁に行くときに遠くから視線を感じたんです。いいえ、それだけじゃない……よくよく考えると、数日前からずっと誰かが私を見ているような……！」

頭を抱えながら、私は殺される！　と完全に怯えきっていた。

「確か、この占術師の一件は天……白麗霞に一任していたな」

ちらりと秀雅に見られ、天陽はぎくりと肩をふるわせた。

「なにか手がかりは見つかったのか？」

「いや……後宮中の侍女となればその数はあまりにも多すぎる……一先ず、西宮に的を絞ってよく観察していこうと思う」

「これは彼女一人で対応できる問題ではないでしょう。私たちも侍女たちの様子を見ながら、解決策を練りましょう」

静蘭の提案に、一同が大きくうなずいた。

他の妃たちも辟易しているようで、早くこの問題を解決したがった。

（これも刺客の策略なのか……？）

　ぼんやりと天陽は考える。

　天帝の暗殺で騒がしい宮廷に、さらに拍車をかけて占い好きの侍女たちを一喜一憂させ、後宮全体を混乱に陥れた。

　こんな浮ついた空気の中であれば、刺客も潜入しやすいだろう。

　この混乱は遅かれ早かれ麗霞の耳にも届くだろう。その前になんとしても手を打たなければならなかった。

（せめて、後宮の侍女たちだけでも統率できるようにならなければ。数がいれば、私の暗殺とて防ぐことも容易くなろう）

「……ちょっと所用を思い出したのでお先に失礼する。翠樹、静蘭……様のことは頼んだ」

「ちょっ、麗霞様。私を一人にしないでください！」

　あることを思いついた天陽は、秀雅たちに一礼するとさっさと枢宮を後にした。

　すぐさま後に続こうとする翠樹の腕を静蘭が掴んで止める。

「あら、茶会だというのに私を一人にするつもり？　翠樹、良い機会だから色々と教えて差し上げましょう」

「う、ううっ……」

絶対零度の微笑み。これは静蘭のスパルタ指導の合図。

この数日、何故か静蘭にこってり指導されている翠樹は涙目になりながら、蚊の鳴くような声で「はい」と頷くのだった。

＊

「──紫鏡、入るぞ」

「や、そろそろ来る頃だと思っていたよ」

天陽が赴いたのは枢宮の隅にある紫鏡に割り当てられた部屋だった。


そこの簡素な部屋――いや、正しくはほぼ牢屋に等しいような場所なのだが、まるで自宅のように模様替えをしているではないか。

優雅に長椅子に寝転びながら迎え入れられたので、天陽の眉間に僅かに皺が寄る。

「天帝の厚意で処刑を免れただけの身が、随分と優雅なものだな」

「これでもようやく暇になったんだよ？　最近、館を構えてもすっかり侍女たちが顔を出さなくなってしまってね。可愛い女の子たちにきゃーきゃーいわれるのは良い気分だったのだけれど……」

「……自業自得だろう」

「おや、なんだか機嫌が悪そうだね？」

紫鏡の笑みは人の神経を逆なでするように嫌らしかった。

「これが其方の策略だろう、笙紫鏡」

「どういうこと？」

天陽が睨めば、紫鏡はきょとんと目を丸くした。

「其方は占術を使い侍女たちを洗脳し、この後宮を混乱に陥れた。それに乗じて、天帝を暗殺するつもりなのだろう」

「……………ぷっ」

しばらくの沈黙。

そして紫鏡は腹を抱えて大声でげらげらと笑いはじめた。

「あはははっ！　ボクを天帝暗殺の刺客だと思っているのか、こりゃ傑作だ！　そこまで想像力を働かせているのに、なんであなたはボクの目の前に立っているのかなあ？」

目に滲んだ涙を拭いながら、紫鏡は天陽を見た。

「先にいっておくけど、ボクは天帝を殺すつもりなんてないよ。今の朝陽は平和でよく稼げる。そんな中で危険を冒してもボクにはなんの利益もないからね」

それでも天陽の疑いの眼差しは消えない。

あ、やっぱりまだ疑ってる？　とけろっとしながら紫鏡は続ける。

「万が一、ボクが刺客だとしたら……今ここであなたを殺せば全部終わりじゃない？　天帝様」

「……なんの話だ」

「しらばっくれないでよ。これでもボクはね、大勢の人を見てきたんだ。侍女は侍女、農民は農民、上流階級は上流階級の身振り手振りというものがあるんだよ。ボクが知ってる侍女はそんな立ち振る舞いはしないし、話し方もしない」

育ちの良さは隠しきれないよ、と紫鏡が笑った。

「からくりはわからないけど、天帝様はその侍女と入れ替わっているんでしょう？　中身――魂ってヤツがさ」

指で輪を作りながら、紫鏡は天陽を覗き見た。

「これでもボクは本物だからね。そこら辺の俄占術師とはワケが違う」

「……それならば何故、後宮をかき乱す」

その言葉を紫鏡は肯定も否定もしなかった。

「ボクはただ、天帝サマに命じられたとおりに仕事をしただけさ！」

「侍女たちの不安を煽ることがか!?」

思わず天陽が声を荒らげれば、紫鏡は呆れたようにため息をつきながら「あのさぁ

「……」と窘める。

「未来が全部薔薇(ばら)色なわけないじゃん。悪い未来もあるわけ、それを知ったら人は不安になるのは自然の摂理でしょう？」

「それならば、良いことだけを伝えればいいだろう」

「あはは、それは嘘をつくことになる！　ボクは嘘はつかない！　信じる者は救われるとはよくいうけれど、信じすぎる者ほど恐ろしいものはないからね」

ようはね、と紫鏡は笑って続ける。

「よくも悪くも、占いというものは気の持ちようなんだよ。ボクが伝える未来はほんの一部、未来なんてそれが現実になるまで未確定なんだから。しかし……それほどボクが後宮をかき乱しているというのなら、それはそれで面白いけれどね」

傾国でもできそうだ、と腕を組みながらのんきに笑っている。

「つまり、この混乱は其方が起こしたくて起こしたものではない……と」

「ボクは見えた未来を伝えるだけ。変えられはしない。それは個々人の行動次第だよ。まあ……ボクが見すぎてしまったせいで、未来が不安定になっているのは申し訳ないけれど」

でもね、と紫鏡は続ける。

「ボクは未来は変えられると思っているよ」

「……其方の尻拭いをするつもりはないが。これ以上私の大切な家族が疲弊していくのは見ていられないからな」

踵(きびす)を返そうとする天陽を、紫鏡は再び止めた。

「もう一度伝えておくよ。七夕祭りの夜、あなたは死ぬ——この未来を変えるのはとても大変だと思う。頑張ってね、天陽様」

その言葉を背中で受け止めた天陽は、なにも答えず紫鏡と別れた。

そうして西宮に戻る。

いつも賑(にぎ)やかなはずの西宮には不穏な空気が流れていた。

かろうじて仕事をこなしている侍女たちの顔色は皆優れない。

「……怖い、怖いよ」

向かいの渡り廊下で箒を握りながら心ここにあらずという感じでぶつぶつ呟いている一人の侍女が目にとまった。

「ちょっと……大丈夫？　心配しすぎだよ。きっと杞憂だって……」

「あんたが私を不幸にするんだ！」

「きゃっ!?」

そんな同僚を心配して話しかけた侍女に彼女は摑みかかっていく。

髪を振り乱し、目を血走らせたその様はまさに般若(はんにゃ)。

人は過度な不安に襲われると、疑心暗鬼になる。不安と恐怖は睡眠を妨げ、そして思考力を奪っていく。

(地獄だ……)

それを目の当たりにしていた天陽は思わず目を逸らした。

かつて天陽は後宮という場所を嫌っていた。

女同士の醜い争い。事実、それが原因で天陽は母を亡くしていた。

そうなるのが嫌で、彼はずっと秀雅一人を傍に置き他の妃を娶らなかった。けれど、秀雅の思惑によって四人の妃がやってきた。そこでも陰謀が巡らされていたが、麗霞の尽力もあり今の平和がもたらされたというのに――。

(……不愉快極まりない)

天陽は怒りを覚えた。

無意識に普段より大きめの足音を立て、静蘭の部屋に戻った。

「……麗霞様？」

だが、そこにいたのは翠樹ひとりだけだった。

部屋の隅で、毛布を抱え、心細そうに震えている。

「静蘭は？」

「所用があると枢宮に戻られました」

翠樹の傍に膝をつくと、彼女は徐に天陽の手を握った。

その手は白く、酷く冷たい。よく見れば目元には隈ができている。

「……麗霞様、私一人になるのが怖いです」

明朗快活だった彼女が嘘のように弱っている。

弱々しい姿を見て天陽は胸が苦しくなった。自分を慕ってくれている妹分が苦しんでいる姿は見ていられない。親心がくすぐられ、天陽ははじめて翠樹に触れた。

「……よしよし」

頭を優しく撫でた。親が子にそうするかのように。

「麗霞様……」

「幼かった頃、不安に駆られたとき母がよくこうしてくれた」

「私は母の顔を知りません」

ぽつりと翠樹が零した言葉。

考えてみれば、彼女の身の上話を聞くのははじめてなような気がした。

「す、すみません。こんな話……」

「苦労したのだな」

はっとして口を噤もうとする翠樹に微笑みかけながら、天陽はゆっくりと頭を撫で続ける。

「……落ち着くか？」

「猫のように撫でられているみたいです」

「はは……どちらにせよ愛いのは変わらない」

自分は猫扱いか、と翠樹は僅かに頬を染めながらそっぽを向いた。

少しは元気が出たようだ。

「翠樹、私に少し付き合ってくれないか？」

「どちらにですか？」

「この陰鬱な空気にもいい加減辟易してきてな。活を入れようと思うんだ」

柔和な天陽の瞳には怒りの色が滲んでいた。

翠樹はいつもと異なる天陽の様子におどおどしながらも、黙って彼の後に続くのだった。

＊

「ちょっと、みんな落ち着いてよっ！」

杏の声が響くのは、西宮の前方にある侍女の寮だ。

日が沈み、夕食時の食堂には西宮にいるほぼ全ての侍女が揃い、食事をしていた。

「この食事、毒が盛られているわ！　誰か私を殺そうとしているのよ！」

恰幅のいい侍女が半狂乱で叫ぶ。

「あんた太りすぎだから少しでも痩せるように下剤でも盛られてるんじゃないの～？」

と周りから揶揄う声が上がる。

普段は和気藹々とした食事の時間が戦々恐々、地獄と化していた。

「侍女長！　止めてください！」

その中で一人黙々と食事をしていた侍女長に、杏が懇願する。

彼女は箸を置いたかと思えば、じろりと冷たく杏を睨んだ。

「勝手にさせておけば？　私は今、それどころじゃないのよ。人のことを気にする前に、自分のことで精一杯なんだから……」

普段は冷静で勤勉な彼女が、諍いを気にもとめない。

その視線の先には本。蠟燭の灯りを頼りに必死の形相で読み進めている。

「こんな時に本なんて読んでる場合じゃ――」

「知識を積めば私は幸運になれるの！　少しでも知識を積んで、出世！　そして女官になればあんたらみたいな有象無象の輩の世話に追われなくて済むのよ！」

欲望に目が眩みすぎている。そして侍女長は立ち上がり、杏を睨んだ。

すると他の侍女たちも立ち上がり、杏をじとりと睨んだ。

「あんたは紫鏡様に占ってもらっていい結果が出たそうじゃない。そうやって私たちのこと見下しているんでしょう？」

「そ、そんなこと……」

杏は息を呑んだ。自分を睨む侍女たちの顔のなんと恐ろしいことか。

「正義ぶって偉そうに。どうせ嫌なことがあれば麗霞にすり寄るんでしょう？　強いお友達がいるっていいわねえ」

「ああ……白麗霞。静蘭様の従姉妹だかなんだか知らないけれど、他の妃様や皇后様にも気に入られて。私たちとは一線引いてますみたいな顔しちゃって」

「占いになんて興味ないって顔がムカつくのよね……」

「……白麗霞なんていなくなればいいんじゃない？」

皆の敵意がその場にいない麗霞に向きはじめた。

漂う殺意と禍々(まがまが)しい雰囲気に、杏はようやく麗霞や静蘭が危惧していた意味を理解した。

（どうしよう、どうしよう。私じゃ皆を止められないよ……麗霞！）

「静まれえええええっ！」

突如轟いた声に、その場にいた全員が肩を震わせた。

「麗霞……！」

杏は目に涙を滲ませる。麗霞――もとい、天陽が現れたのだから。

「皆殺気立って私の話をしていたようだな。外まで声が聞こえていたぞ？」

「……麗霞様、今すぐ帰ったほうがいいのでは」

一身に敵意を向けられながらも、天陽は冷静に侍女たちを見据えている。

ついてきた翠樹は天陽を守ろうと一瞬前に出たが、侍女たちの殺意に恐れをなし慌てて天陽の背後に隠れた。

「……其方たち、占術ごときで正気を失うなど、みっともないぞ！」

「ただの小娘のくせに上から目線で生意気なのよ！　静蘭様のお気に入りだからって偉そうに！」

「そうやって私たちを見下しているんでしょう!?」

恐れ多くも天帝に苦言を零しているとは露知らず、そうだそうだと侍女たちの声が重なる。

「いい加減にしろ」

怒りを含んだ冷静な声だった。

荒らげたわけでもない冷静な声は、何故か侍女たちを一斉に黙らせた。

（――麗霞？）

傍にいた杏が息を呑む。いつもと変わらないはずの同僚に背筋を伸ばした。

逆らってはいけない。まるで、自分たちよりも圧倒的に格上の人間と対峙しているかのようなそんな気配に圧倒された。

「自分たちが占術に踊らされているのがまだ理解できないか。仲間を疑い、妬み、訝しみ……実にくだらない。くだらなすぎて呆れてしまう」

天陽は呆れ交じりにため息を零しながら、食堂の中へ足を進めた。

彼が前を通れば、さっと侍女は道を空ける。そしてある一人の前を通り過ぎたところで足を止めた。

「其方、背後に立たれることを恐れていたな」

「……ひっ」

それは背後を恐れ、壁に背をつけて移動していた侍女だった。

彼女ははっとして振り返ろうとするが、それよりも早く天陽が動いた。

「それは……こうなるからだ！」

「いったあああああっ!?」

ばしん、と強い音を立てて天陽は彼女の背中を思い切り叩いた。

次はその斜め向かいにいた侍女を見据える。

「其方は高いところが怖いといったな！　それは、こうなるからだ！」

天陽は徐に天井の梁に向けて箸を一本投げた。

すると、上からどさどさと何かが落ちてきた。

「これ……」

大きな風呂敷だ。落ちた衝撃でそのすき間から饅頭や干菓子が顔を出している。

「あああっ！　私の秘密のお菓子がっ！」

「あんた、それ独り占めしてたの⁉」

慌てて隠そうとするが時既に遅し。仲間たちからじろりと睨まれ、彼女は堪らず涙目になりながら頭を下げるのだった。

そうして天陽は次から次へと占術で見られた未来に怯える侍女たちの恐怖を荒療治で解決していった。

「麗霞……全員の占い結果覚えていたの？」

「あれだけ毎日のように散々聞かされていれば嫌でも覚える。杏はどうだったんだ？」

「……う、うん。順調、だよ」

照れくさそうに杏が答えれば、天陽は嬉しそうに微笑んだ。

天陽はやる気がないだけであって馬鹿ではない。特にその記憶力は凄まじく、相手の一挙一動はもちろん、些細な約束も完璧に覚えていられるのだ。

「……最後は其方だな、翠樹」

そして入り口に戻ってきた天陽は、翠樹の前で足を止めた。

「私はお姉様方とは違います！　誰かに狙われていると、ハッキリいわれたのです！」

「そう。翠樹は狙われている……彼女にな」

天陽の視線は翠樹の背後に向けられた。

それを辿った翠樹の目がまんまるに見開かれる。

「……猫？」

呆気にとられる皆の声。

そこにいたのは白猫だった。喉を鳴らしながら、翠樹の足元にすり寄ってくる。

「其方を狙い、熱い視線を送っていたのはその猫だ」

「……ど、どうして？　猫なんかが私を」

「翠樹。其方、静蘭に薬を処方してもらっていただろう」

「え、ええ……疲労回復のために、と。たしか木天蓼というお薬だそうで」

徐に翠樹が懐から薬包を取り出せば、猫は目の色を変えてそれを奪った。

「それはいわゆるマタタビだ。猫はマタタビが大好物故に、それを持つ翠樹を狙っていたわけだ」

くすりと笑いながら天陽は猫を見る。

薬包を開けた猫はぺろぺろと美味しそうにマタタビを舐めていた。

そして今一度、天陽は立ち上がり皆を見据えてこう続けた。

「皆が恐れる未来は、注意していれば恐れることはなにもない！　いい加減目を覚ませ。私たちの仕事はなんだ。私たちはなんのために後宮にいる！　楽しく仕事をし、穏やかに日常を過ごすためではないのか？」

反論する者はいなかった。皆、反省したように肩を落とした。

「さすがですね、麗霞」

声が聞こえて振り向くと、そこには静蘭が立っていた。

「静蘭様っ!?」

侍女たちがあっと驚き姿勢を正す。

「うふふ、これ以上酷くなるようだったらいよいよ私の出番かと思ったけれど……その必要はなかったみたいね」

その微笑みは背筋が凍るほど恐ろしい。一体静蘭はなにを考えていたのか……想像するだけでも身の毛がよだつので皆、考えることを放棄した。

「さあ、みんな？　今までサボっていたぶん、明日からしっかり働いてもらいますよ？　七夕祭りまでお休みはないと思ってね？」

「はい、喜んで！」

それはまさに鶴の一声。皆が正気を取り戻し、慌てふためき食事をとる。

やはり妃こそ後宮の頂点。静蘭に敵う者はいないのだ。

「……天陽様、お手柄ですね」

「これでようやく落ち着いて眠れそうだ」

そっと耳打ちされ、天陽は肩の力を抜いた。

「そんな陛下にご褒美があります。麗霞が今枢宮におりますよ。人払いはしてありますから、是非会いに行ってみては……？」

「！　恩に着る」

その名が出た瞬間、天陽は目を輝かし枢宮へと駆けていく。

天陽を見送りつつ、今にも彼の後を追わんとする翠樹を見据えて、静蘭はこう続けた。

「さて、翠樹。これで貴女が私の部屋に入り浸る意味もなくなりましたね。貴女を狙っていた犯人がわかったとはいえ……油断せぬように」

「静蘭様は私を嫌っているのですか。妃様が侍女一人を目の敵にするなど……」

「いいえ。嫌ってなどおりませんよ。これはただのヤキモチです」

感情がわからない笑みで静蘭は翠樹を見る。

「私は、できることなら麗霞をずっと独り占めしていたいのです。それを邪魔する者が現れたら……つい、嫉妬の炎が燃え上がってしまうの」

細められたその目の奥は一切笑っていなかった。

それでは、と静蘭は微笑みながら一人食堂を後にした。

＊

「──麗霞！」

「天陽様！」

枢宮の池まで走っていくと、そこには見慣れた自分の姿──否、麗霞が立っていた。

天陽の姿に目を留めるなり、彼女は酷く申し訳なさそうに走ってきた。

「申し訳ありません！」

「な、何故其方が謝る⁉　なにか問題が起きたのか⁉」

自分の姿で謝られるのはなんとも不思議な気持ちになる。

麗霞は顔も上げないまま、天陽の両腕を掴んだ。

「私が馬鹿なことをしたせいで、後宮中が混乱していると秀雅様から伺って……」

「……ああ。そうだな、大変だった」

天陽が目を逸らしながら答えると、麗霞は更に慌てふためいた。

「大丈夫、大丈夫だから。たった今西宮は元に戻った。ほかの宮もじきに戻るだろう」

少し虐めてしまった、と天陽は笑いながら詫びる。

いつも前向きな彼女が慌てている様はなんとも愛らしいと思った。

「私いつも後先考えず無茶をして……迷惑かけすぎて……」

「其方がそんなに弱気になっているなんて珍しいな」

しゅんとしている麗霞を慰めるように、天陽はその背中を撫でる。

少し鍛えられた体。天陽の腕を摑む手はいつもより荒れている気がした。

「そうですね。引きこもり生活は私の体には合わないようで……ちょっとだけ参ってます。でも、さっき秀雅様や静蘭……そして天陽様の顔を見られて、少しだけ安らげました」

自分の体で、自分の声で、自分の顔だ。

なのに、その安堵したような表情に天陽は心臓を摑まれたような思いがした。

「後宮は私が守る。だから、其方は自分のことだけ考えていれば――」

そこで天陽は言葉を止めた。

『七夕祭りの夜、あなたは死ぬ――天陽様』

紫鏡の言葉が頭の中に木霊する。

殺させない。この体を、自分の中にいる麗霞を殺させはしない。

「……其方は私が必ず守る。必ずだ」

「その言葉は私の台詞ですよ？」

その両肩を摑み、麗霞を見上げた。

彼女は天陽の思いなんて露知らず、私が天陽様を守りますから、とはにかんでいる。

「……白麗霞、そろそろ兄上が」

「やっば！　もう戻らないと、抜け出したことがバレちゃうんで！　天陽様、また！」

草陰からそっと現れた慈燕が麗霞に耳打ちすると、彼女は大慌てで駆けていった。

久々に顔を見た慈燕は、慌ただしく去っていく彼女の背中を微笑ましそうに見つめていた。

「まあいい。慈燕、麗霞を頼んだぞ」

「……勿論です。天陽様もご武運を」

慈燕も一礼して去っていく。

恐らく自分でも気付いていないであろう、彼の瞳の奥に宿る感情をなんとなく天陽は察してしまった。

「恋敵が増えるのも困りものだな、暁明」

「見ていたのか、秀雅」

背後からそっと秀雅が近づいてきた。

彼女は隣に並び、去っていく麗霞と慈燕を見送っている。

「『其方は私が必ず守る』か。ふっ、随分と男らしくなったじゃないか。長年一緒にいるが、私はそんな言葉いわれたことないぞ」

「いや、その……其方のことも大切に想っているぞ。それはその妻というよりは、家族や兄妹のように……」

しどろもどろになる天陽に秀雅はぷっと吹き出す。

「ははっ、わかっているよ。今更其方と夫婦になるなど、私がごめんだ。男女の絆(きずな)を結ぶには……私たちは長く共にいすぎたんだよ」

想像しただけで気持ち悪い、と秀雅は舌を出しながら手を振る。

「負けるなよ、暁明。私は其方の味方だぞ」

「……う、うむ」

ばしんと背中を叩かれて、気合いを注入された。

病人とは思えない力強さに天陽は思わず目に涙を滲ませながら、麗霞のことを思った。

(――笙紫鏡、其方の思い通りにはさせない。なんとしても未来は変えてみせる)

第六章 皇帝、舞う

無事収まった占術騒動。しかし、そんなことを忘れてしまいそうになるほど後宮は慌ただしくなっていた。

七夕祭りが二週間後に迫ったある日のことである。

枢宮に皇后秀雅の声が響いた。

「三日後に舞姫選抜を行う！」

そこに呼ばれた三人の妃、そして集められた全宮の侍女が騒然とした。

「静蘭、桜凜、雹月。其方たちも入内して初めての行事になろう。七夕祭りの夜、妃が皇帝に祈禱の舞を捧げるのだ。いつもは私が一人で行っていたが、此度は賑やかになりそうだ」

「しかし……それを告げるのに侍女たちをお集めになったのは？」

雹月の問いに、秀雅が待ってましたといわんばかりにほくそ笑む。

「決まっているだろう。侍女の中から一人、其方たちと一緒に舞う者を選ぶのだよ」

「ちょっと待ってください。妃なら既に三名――」

「東西南北全てが揃わないと纏まりがないだろう。今は鈴玉が欠けてしまったからな」

「……うっ」

元妃で、現在は秀雅の侍女である鈴玉がいたたまれない表情で一歩引いた。

「元より奉納演舞は複数名で舞うもの。妃が五名揃い、はじめて完成となる。というわけで、あと一人は侍女の中から選ぶのがよいだろう」

そうして秀雅はずらりと並ぶ侍女たちを見て両手を広げた。

「よく聞くがいい。選抜に臨む者はこれより三日間、舞の練習に身を捧げよ。そして選ばれた者は、皇帝の前で舞うのだ。そしてその者を北宮(ほくぐう)の妃として奉ろう！　生まれや身分も関係ない！　妃になりたければ、己(おのれ)の力で掴み取れ！」

「えええええええええっ!?」

侍女たちのどよめきが後宮を揺らした。

またとない成り上がりの機会。侍女たちの目の色がみるみる変わっていく。

(秀雅のやつ、また珍妙なことばかり考えて……)

侍女の列に紛れていた天陽(てんよう)はその光景を見ながら呆れ交じりにため息をついた。

「これは凄いことですね、麗霞(れいか)様っ！　私たちが妃になれるかもしれないなんて！」

「はは……そうだなあ」

すっかり元気を取り戻した翠樹(すいじゅ)が興奮気味に詰め寄ってくる。

妃になるどころか、とんだ巻き込まれ事故だ。

天陽は乾いた笑みを返しながら、さっさと仕事に戻ろうと踵を返す。

どうせいつもの秀雅の暇つぶしだ。自分には関係のないこと。それよりも天帝暗殺の刺客に目星をつけなければ――。

「あら。集会は終わっていないのにどちらに行くのですか？」

「静蘭!?」

妃たちと一緒にいるはずの静蘭が目の前にいた。

驚き舞台を見ると、そこにあったはずの姿が忽然と消えている。

気配を消して現れた彼女は、笑みを浮かべながら天陽の手を引きそっと枢宮を後にする。

「おい、集会は終わっていないのにいいのか!?」

「ええ。どうせアレを告げるためのお話でしたので」

――なんだかとてつもなく嫌な予感がする。

「天陽様、これはまたとない機会です」

「……な、なにがだ」

「これから三日間、たっぷり稽古に励み舞姫になるのです！」

「はあっ!?　其方正気か!?」

予感的中。無茶苦茶な注文に天陽は吼えた。

「私はいつでも大真面目です」

にこりと微笑みながら静蘭はずいっと天陽に歩み寄る。

「天陽様は麗霞のことを好いているのでしょう？」

「…………べ、別にっそのような……ことは」

明らかに天陽が目を泳がせる。

「よいですか、これは秀雅様の助け船。そして私の作戦です。二人が入れ替わっている間に妃として丸め込めば、麗霞も抵抗できない。そして、舞姫になれば身分の違いも気にならない。そしてそして……夫が決まれば麗霞も見合いをせずに済む！」

最高じゃないですか！　と静蘭の目がこれでもかと光り輝いている。

秀雅があの晩「私は其方の味方だ」といっていたのはこのことだったのかと、頭を抱えた。

「……しかし、それは」

天陽は躊躇ったった。

それは麗霞の意思を無視し、無理矢理この後宮に縛り付けようとする行為だ。

「迷っているのであれば、今一度はっきりと申し上げましょう。今のままでは、麗霞は永遠に貴方に振り向くことはありません！」

「ぐっ……!?」

その言葉は天陽の胸に深々と突き刺さった。

「だって天陽様は男らしくないもの。そしてしっかりしていないし。今の妃をまとめられたのも麗霞のお陰でしょう」

「そ、其方、段々言い方がきつくなってきてはいないか!?」

全ての攻撃が急所に命中。

天陽は廊下の柱に手を置いてよろよろと膝を突いた。

「それに麗霞は天陽様の想いに微塵も気付いていない」

「……そんなことといわれずともわかっている」

「こうなったら無理矢理にでも現状を変えなければ、一生なにも変わらない」

「だからといって、何故私が舞などを――」

ばんっ。

静蘭が手を天陽の顔の真横の柱に突く。

口撃を受け、身を屈めていた天陽を丁度静蘭が見下ろす形になる。

「このひと月、麗霞は命を張って貴方をお守りしているのですよ？　褒美として妃の位の一つや二つ、渡して当然だとは思いませんか？」

「そ、そのために……私に女の身なりをして舞え、と？」

「演舞は麗霞も見に来る。そこで貴方が一生懸命舞ったのなら、よい褒美になるでしょう…………というのは、口実でここからが本題です」

「……は？」

　ふと静蘭が天陽の耳に口を寄せると、その顔から笑みが消えた。

「奉納演舞は妃たちが天帝の目の前で舞うそうですね。そして舞台の周囲には大勢の観客が集まる。それは……どの人間も最も天帝に近づくことができる、ということです」

「……つまり、天帝を殺す者がいればその時に動くと？」

「警備も厳重でしょうが、演舞の際に天帝の最も近くにいるのは奉納演舞を舞う妃たちになるでしょう」

「そこに刺客が現れれば、其方たちも危険に晒すことになるだろう」

「それは彼女たちも承諾済みです」

　静蘭の瞳は嘘偽りない真っ直ぐなものだった。

「秀雅様、雹月様、そして……あの桜凜様までもがそれを承知で舞台に上がります。私たち妃は自らが盾となり剣となり陛下を守る存在。それを貴方は指を咥えて見ているおつもりで？」

「……うっ」

ぐうの音も出なかった。

妃や無関係な麗霞に命を張らせ、自分だけ安全圏にいるなんてそんなの有り得ない。昔の天陽ならともかく、今の天陽はそれを絶対によしとしない。

「……妻だけに命を張らせる夫がどこにいる。それこそ男の名折れだ」

「今の天陽様なら必ずそういうはずと、秀雅様は仰っておりました」

「………………謀ったな」

見事に掌(てのひら)の上で転がされていたわけだ、と天陽はため息をついた。

「しかし、麗霞は一介の侍女。おいそれと妃の輪に加わることはできません。そのための『舞姫選抜』なのですよ」

「……麗霞や其方を守るためにはまず実力で舞台まで上がってこいというわけか」

相変わらず手厳しいな、と肩を竦める。

だが、そういわれたら後に引くことはできないだろう。

「——私も舞を練習せねばなるまい」

「その言葉を待っておりました！」

その瞬間、静蘭の顔がにこやかに晴れ渡る。

「しかし、私は舞なんて未経験だ。手ほどきが必要だ」

「うふふ……私にかかれば素人を国一の舞手に変えるなどいとも簡単。しかし、私の指導は厳しいですよ？」

「覚悟の上だ」

真剣な表情の天陽に静蘭は満足げに頷く。

「……しかし、一筋縄では参りません。他の宮の妃たちも、自分の宮から新たな妃を
……と企んでおいででしょう」

「つまり、八百長なしの真剣勝負ということか」

「ええ。これは私たちの戦いです、天陽様」

天陽と静蘭の勝負心に火がついた瞬間だ。

後宮の安寧を守るため、己が身を守るための行動に打って出た天陽であったが……

彼はすぐに想像以上の現実にぶちのめされることとなる。

＊

「――なんだこれは」

数時間後、稽古場で驚愕（きょうがく）して打ち震える天陽の姿があった。

「私が妃になる」

「目指せ成り上がり」

「人生逆転よ」

そこにずらりと並ぶは舞姫選抜に挑む侍女たち。

辺りには熱気……いや、殺気が飛び交っている。

（こんな者と戦って勝てと!?）

怯んだ天陽が思わず足を一歩引くと、誰かにぶつかった。

「大丈夫ですか……って、麗霞様っ!?」

「翠樹!?」

「え……麗霞様も選抜をお受けに!?」

意外そうな翠樹に天陽はおずおずと頷く。

いや、しかし彼女がここにいるということは――。

「翠樹も選抜を受けるのか」

「はい！　平民から一国の主の妃に成り上がれるのですよ!?　こんなまたとない機会、逃すはずがございません！」

拳を握る翠樹はやる気に満ち満ちていた。

大声で熱弁していたせいか、周囲の侍女たちからの視線が熱い。

「皆、そんなに血眼になって妃になりたいのか」

「天帝様の寵愛を得られるとなれば、女はみな飛びつきますでしょう」

「……そういうものなのか」

正しくは『妃という地位』だろう。

そういいかけて天陽は言葉を呑んだ。

人は未知の世界に憧れるものだ。

きっと彼女たちは天陽が立つ場所をそれはそれは素晴らしいものだと思っているに違いない。そんなことは決してないというのに——。

「麗霞様は天帝様のことがお好きなのですか？」

「は!?」

考えにふけっていたところに突きつけられた言葉に素っ頓狂な声が出た。

「な、なにを急に……」

「いえ。そんな目をされていたので。それに麗霞様は天帝様と直接交流がおありなのでしょう？　それでそうなのかな……と思いまして」

「……いや、好きというか、その」

しどろもどろになる。これでは好きだと認めているようなものじゃないか。

なんて自分に突っ込んでいると、翠樹に手を握られた。

「……だとしても、私負けませんから！」

その目は真剣だ。

（だが、私だって……）

妃になりたい侍女たちとは異なる想い。

なんとしても舞姫に選ばれ、身を投じて自分を守ろうとしてくれている妃たちを、そして麗霞を守らなければならない。

「……悪いが、私も負けられない」

ぎゅっ、と翠樹の手を握り返す。

彼女たちとは覚悟が違う。

（この戦い、なんとしても負けられぬ……！）

と、腹を括（くく）った天陽であったが——現実はそう甘くはなかった。

「——は？」

音曲がかかる中、天陽はぽかんと口を開け突っ立っていた。

「いい調子ですよ。皆、素晴らしい」

指導係を買って出た静蘭が手拍子をしながら優しく微笑む。

（こんなに踊れるのが当たり前なのか!?）

侍女たちの舞は想像以上に素晴らしかった。

確かに粗は見えるものの、舞台に立つに相応しい腕前だ。そしてなにより……。

「麗霞様、いかがでしょう!?　私こう見えて舞だけは得意なのです！」

舞台の中心で汗を流し、それは楽しそうに舞っている翠樹。

その輝きは他の侍女より一歩も二歩も秀でていた。

一方、天陽は——。

「……駄目です。全然なってない」

手が叩かれ音曲が止まったかと思うと、静蘭に冷たく見下ろされていた。

「麗霞、貴方だけ居残りです」

その声のなんと恐ろしいことか。

「運動神経抜群の麗霞でも苦手なことがあるのね～」

「強敵は麗霞だと思っていたけど、これなら大丈夫そう」

舞台で一人四つん這いになっている天陽を嘲笑しながら侍女たちは稽古場を出ていく。

「……麗霞様、その、頑張ってくださいね」

翠樹からも哀れみの目を向けられ、天陽は思わず泣きたくなった。

「……舞姫となり、舞台に上がるのではなかったのですか？」

音曲隊も解散させ、静蘭と二人きりになった稽古場に静寂が訪れる。

「舞なんてこれまでしたことがないんだから上手く踊れるはずないだろう！」

天帝となるべく学問は頭に叩き込まれたものの、舞などの手ほどきは受けていない。

元々剣術など体を動かすことは苦手で極力避けてきた。

この年になっていきなり人並み以上に踊れといわれてもそれは無理な話で——。

「そうやってまた言い訳をして逃げて、諦めるのですか？　麗霞だって天帝になった経験なんてないというのに？」

「……ぐ、ぬぬぬ」

「このままじゃ舞姫なんてほど遠い。いいえ、選抜の舞台にも上がらせられません。麗霞の体でそんな失態をさらすなんて……この私が許さない」

顔を上げ、静蘭の目を見て血の気が引いた。

一切の感情が消えている。それどころか抑え切れない怒りがその瞳から溢れだしている。

「残り三日、私が手取り足取りきっちり稽古をつけてさしあげます。覚悟してくださいね」

(下手を打てば私が殺される！)

天陽、絶体絶命。

彼は果たして舞姫になれるのか……そもそも舞姫選抜の舞台に上がることができるのか!?

＊

（……死ぬ。死んでしまう）

舞姫選抜の前夜、天陽はなんとか生き延びていた。

一歩歩けば体が悲鳴を上げる。爪先から頭の先まで全てが痛い。

（この程度で済んでいるのは、麗霞の体のお陰か……）

日頃から体を動かしている麗霞の強靱（きょうじん）な肉体に感謝をしつつ、天陽はよたよたと枢宮への道を歩いていた。

「あ、天陽様！」

「や、やあ……麗霞」

それは麗霞に会うためだ。

秀雅あたりから静蘭にしごかれているという話を聞いたのだろう。よろよろと歩く天陽を見るなり、麗霞は心配そうに駆け寄ってきた。

「大丈夫ですか？　なんでまた静蘭がそんなに熱く……」

どうやら麗霞はまだ天陽が舞姫選抜に出ることを知らないようだ。

姿勢を正そうとすれば腰に響く痛み。

そこを撫でながら呻けば、麗霞は天陽の体を擦ってくれた。

（……この手）

服越しの手の感触に違和感を覚えた。

「麗霞……なんだこれは！」

思わず天陽は目を見開いた。

麗霞の手は荒れていた。切り傷、ささくれ。そして掌には治りかけの豆の上に、新たな血豆ができ、とても痛々しい手になっているではないか。

「す、すみません。天陽様の体を傷付けてしまって……静蘭に薬を煎じてもらえば傷跡も残らなくなりますので！」

「馬鹿！　そうじゃない！」

誤魔化そうと笑う麗霞に天陽は怒った。

「誰にやられたのだ！　まさか……慈雲か!?」

「……剣術でかなりしごかれてましてね。自分が今まで受けていた稽古は子供のお遊戯でしたよ」

あはは、とまだ笑っている麗霞に天陽は顔を歪める。

どうして彼女がここまで身を削る。それを課す慈雲にも、それを止められない慈燕にも、なによりなにもできない自分に怒りが沸き立った。

「慈燕はなにをしているんだ。其方がこんなに傷だらけなのに黙っているのか⁉」

「慈燕さんは悪くないですよ！　これは私が望んで慈雲さんに頼んだことですから！　ほら、私が強くなればいざ刺客が現れても戦えるでしょう？」

「……何故、そこまで」

　麗霞がなにを考えているのか、天陽はわからなかった。ただ巻き込まれただけだ。なにもせず、ひと月引き籠もっていればいいというのに。

「これは私の意地なんですよ」

「意地？」

「ええ。だって慈雲さんときたら、天陽様や秀雅様、慈燕さんのことまで馬鹿にしてくるんですよ。腹立ちません⁉　皆とっても素晴らしい人たちなのに！」

　麗霞はぷんすか怒っている。

「だから、見返してやりたいんです。貴方が馬鹿にしてる人はこんなに凄いんだぞ、って。自分のせいで周りが悪くいわれるのは嫌ですから。第二の『ぎゃふん計画』ってやつですよ」

（……ああ、其方はいつだって人のために怒るのだな）

　天陽様も日頃からもう少し鍛えてくださいよ〜、と冗談めかして笑う彼女を天陽は愛（いと）おしそうに見つめた。

「それに私、負けるのだけは絶対嫌なんです！」

（この太陽のようにひたすらに真っ直ぐで明るい彼女に、自分は惹かれたんだ）

この程度でへこたれている場合ではない。

天陽は姿勢を正し、麗霞の手を握った。

「——明日、なんとしても勝つ」

「……え!? 天陽様、舞姫選抜に出るんですか!? なんでまた!?」

「其方たちを守るためだ」

驚く麗霞を天陽は真っ直ぐ見つめた。

「七夕祭りは後宮の一大行事。麗霞が想像しているよりもずっと華やかで、人も多い。もし天帝を狙う者がいるとすればその時に動くに違いないと踏んでいるのだ」

「で、でも、それなら余計に天陽様が舞台に上がるのは危険なんじゃ」

「舞台に上がれば、其方の最も近くにいられる。他の妃たちも私と其方を守ろうとしてくれている……彼女たちだけに命を張らせるわけにはいかない」

これはどうしても譲れない。

後ろ向きだった自分を奮い立たせてくれる彼女のためにも。

「其方は私が守る。この命に代えてもだ」

「命に代えるのは駄目ですよ。天陽様は生きねばなりません」

「其方だって命をかけている。其方が命をかけるのであれば、私も同じだ。私が死ねば其方は秀雅に殺され、其方が死ねば、私は静蘭に殺される」

「……はは。一蓮托生の運命共同体ってやつですね」

共にひと月生き延びよう。

入れ替わった時の約束を思い出し、二人は微笑む。

愛が重い周囲のためにもなんとしても生き延びねばならないのだ。

「無事に七夕祭りを乗り越えて、元に戻ろう」

「そのためには、まず天陽様が舞姫に選ばれなければいけませんね」

麗霞はきっと、舞姫に選ばれた者が天陽の新たな妃になることを知らないだろう。

きっとその辺りは秀雅が手回しをしているに違いない。

「あ――当日うっかり元に戻ったら私が踊らなきゃいけなくなるんですよね!?」

「はは、その時はちゃんと私が見ていてやろう」

それはそれで面白そうだと笑う。

「この入れ替わりが終わったら、其方にきちんと話したいことがあるんだ。聞いてくれるか？」

「……？　勿論ですよ」

今度こそ彼女に想いを伝えよう。

そのためにはなにがなんでも麗霞を守る。天陽はそう心に決め、翌日の舞姫選抜に挑んでいくのであった。

*

そして舞姫選抜当日がやってきた——。

「とてもお似合いですよ、天陽様」

「……私がこんな恰好をするなんて」

静蘭の部屋で天陽は身支度を調えていた。

いつもの作務衣とは異なり、派手な衣装を着せられ、顔には化粧を施されている。目元には赤い隈取り。そして唇には紅を引かれた。

こうして鏡に映る麗霞の姿はいつもと異なり、天陽は思わず見とれた。

「……美しいな」

「本人にもっといってやってくださいな。あの子は磨けば光る原石なのに……本人に全くその気がなさすぎて……」

もったいないでしょう？　と静蘭は困り顔で頬に手を当てた。

「しかし、見た目がどれだけずば抜けていても肝心なのは舞ですよ？」

「……この三日、やるだけやった。自分と、そして鬼教官の指導を信じるさ」

「ふふ……天陽様もいうようになりましたね。その意気ですよ」

最後に頭の飾りをかぶり、立ち上がる。

歩く度にしゃらんと心地よい鈴の音がついてくる。

「静蘭、感謝する」

「ご武運を」

一礼する静蘭に見送られ、天陽は枢宮に向かった。

選抜試験とはいえ、七夕祭りに使用される実際の舞台で行われる。

枢宮の月夜池の傍に組み上げられた立派な演舞殿。舞台上には各宮から選出された十名――計三十名の侍女たちが並び、抑え切れない殺気を放っている。

「まさか麗霞様が舞台に上がられるとは」

そこには翠樹の姿もあった。

「……この三日、つきっきりで熱血指導をされて幾分かマシになった」

「ふふ……ここまでは静蘭様の口添えでどうとでもなりましょう。ですが、ここからは……実力勝負です」

翠樹と共に顔を上げる。

舞台の前方。高台に設けられた観客席には秀雅をはじめとした妃たちがずらりと勢揃いしている。その表情は皆、真剣そのものだが……何故かそこに静蘭の姿が見当たらない。

（企みも、八百長も通用しない真剣勝負……ということだな）

ここまで上がってこられるものなら上がってこい。

皆にそういわれているような気がした。

「これより、舞姫選抜を行う」

太鼓の音が一つ響くと、秀雅の声が轟いた。

先代以来の大きな儀式だ。彼女が一番浮き足立っているに違いない。

「先々代、この朝陽は大戦に見舞われ窮地に陥った。その時に舞を捧げた舞姫たちは、三日三晩休むことなく戦場に赴いた天帝の息災と朝陽の安寧を願い舞い続けたと聞く。そしてその舞が実を結び、大戦に勝利し、朝陽は現在の大きく強固な国になったと伝えられている」

淡々とした秀雅の口上が響く。

「舞の美しさもさることながら、必要とされるのは……忍耐力」

どどん、と太鼓が鳴り響く。

「そこで其方たちにはこの舞台で踊り続けてもらう。太鼓をひとつ叩く度に音曲は速くなる。その中で最後まで舞い続けた者こそ――舞姫に相応しいであろう」

「……勝ちたければ生き残れ、ということか」

心底愉快そうな秀雅を見て、天陽は顔を引きつらせた。

「臆しましたか？」

「まさか。やる気満々だ」

気合いを入れるように首を回せば、翠樹は「ですよね」と微笑み返す。

そして太鼓の音が鳴り響き、いよいよ戦いの火蓋が切られた。

（なんて体力を消耗する振り付けだとは思ったが……これのためだったか）

舞の振り付けは異様に回転が多い。そしてはじめと終わりの振り付けが同じ——つまりそれは舞の繰り返しを意味する。

更には三十人で踊るには狭い舞台。相手との衝突は致命的。それでよろけ、舞が止まれば脱落。既に五名以上が転び、消えていた。

回り続ければ三半規管がおかしくなる。そして平衡感覚を失えば人とぶつかる。

この舞姫選抜は他人との、そしてなにより己との戦いであった。

（……駄目だ。余計なことを考えるな）

想像以上に過酷な演舞。思わず音を上げそうになるが、天陽は大きく息を吸った。

（力を借りるぞ、麗霞！）

くるくると回転しながら他の侍女たちを上手く躱す。

この体はあの体力お化けの白麗霞のもの。ちょっとやそっとでは決してへこたれない。

どん。どん——どどどん。

太鼓の音が鳴る度に、音曲の速度も上がる。

それにより回転も更に激しさを増し、一人、また一人と倒れていく。

「——残り十名」

あっという間に三分の一が退場した。

「流石は麗霞様。お残りになると思っていましたよ！」

すぐ傍で踊る翠樹はまだまだ笑顔だった。

（……っく。幾ら麗霞に体力があるとはいえ……使い手の私が酷すぎる！）

対する天陽は息が上がっていた。

既に足取りはおぼつかず、目はぐるぐると回っている。限界が近づいてきていた。

「無理せずお休みになってよいのですよ？　私はまだ一刻以上踊れます」

「……っ、舐めるなよ。私はまだいける！」

ばんっ、勢いよく足を踏みこんだ。

絶対に負けられない。なんとしても七夕祭りの夜、この舞台に立ってみせる。

自分を守るために命を懸ける皆のため、自分が死ぬという未来をなんとしても変えるのだ。

「なぜ、そこまで頑張るのですか？　そんなに妃になりたいのですか？」

「妃なんてどうだっていい！」

既に翠樹と天陽の二人だけになっていた。

背中合わせに舞いながら、二人の語らいは続く。

「これは、私の意地だ！」

既に限界は超えていた。

化粧が落ちるほど汗が流れ、いつ転んでもおかしくないほど脚は震えている。

それでも天陽は諦めない。

麗霞の血豆のできた手を思い出す。あの痛みに比べれば、こんなものたいしたことはない。

「逃げるのはもうやめたんだ！　なにがあっても立ち向かう、そう教えてくれた人がいた」

くるりと回転し、今度は翠樹と向かい合わせになる。

周囲なんて気にならない。天陽は今、翠樹しか視界に入れていなかった。

「麗霞様には可愛がってくれる主も慕ってくれる友人もいるでしょう。ひとつくらい私に譲ってくださいよ！」

「……ははっ、それが其方の本性か、翠樹。いつもニコニコ慕ってくれるが、腹には色々抱えているようだな」

「……っ」

感情を見せた翠樹ははっとして言葉を呑み込む。

「いいことだ。自分の内を曝け出すのは気持ちがいいことだ」

「……さっさと倒れてください。私は、負けられないのです。もしここで妃になれれば——」

「たとえ勝ち目がない勝負でも、相手が音を上げるまで食らいつく。降参するまで追いかけてやる」

繰り返しの間、天陽は翠樹を見据え不敵に笑った。

「追い詰められたときほど不敵に笑え。それが白麗霞の信条だ！　翠樹、其方には負けぬよ！」

「……っ、叩きのめしてやる！」

翠樹の顔から笑みが消えた。

感情を剝き出しにして、二人は舞い続ける。

ぐるぐると世界は回る。上げた腕は震え、足は既に棒のようだ。

(——勝つ。私が勝つ！)

かっと天陽は目を見開き、最後の足を踏み込んだ。

（しまった……！）

流れた汗で濡れた床に足を取られ、彼は体を傾けてしまった。

どどどん！

「――そこまで！」

秀雅の声が響き、音曲が止まった。

天陽は尻餅をつき、呆然としている。

（負けた、のか）

これだけ啖呵を切っておきながら負けたのか。周囲を確認しようにも体が全く動かない。

（すまない、麗霞、静蘭。私は……駄目だった）

「………参り、ました」

不甲斐なく俯いていると、隣からか細い声が聞こえた。

ゆっくりと視線を送ると、翠樹が床に伏せているではないか。

「最後まで立っていたのは西獅宮、白麗霞！　舞姫は白麗霞に決定する！」

どどん、と大きな太鼓が鳴り響いた。

「……勝った」

「麗霞やったあああああああっ！」

西獅宮の客席から大歓声が上がっている。杏が泣きながら手を振っていた。

「いい勝負を見せてもらった！　皆を讃えよ！」

客席全体から拍手喝采が沸き起こる。

高台の妃たちも手を叩き健闘を讃えていた。

全て天陽に向けられた拍手。これほどまで誰かに讃えられたのは生まれて初めてのことだった。

ようやく自分の勝利を認識し、気が緩んだ途端、世界がぐにゃりと歪んだ。

（あ、駄目だこれ）

力なく天陽は床に倒れた。

周囲の声が遠くに聞こえる。返事もできっこない。

全ての体力を使い果たし、三半規管が完全にやられた天陽は、込み上げる吐き気を抑えながらぶつんと意識を手放した。

＊

「――あ」

「お目覚めになりましたか？」

目覚めると、優しい眼差しをした静蘭に見下ろされていた。

「そうだ、選抜は！」

無理矢理体を起こした途端、全身に激痛が走った。

そのまま天陽は布団に倒れ込み、呻き声を上げる。

「動かないほうがいいですよ。体をあちこち痛めてますから」

薬湯です、と差し出された湯飲みからはいつもとは異なり甘い香りが漂っている。

「……私は勝ったのか？」

「ええ。貴方の勝ちです。陛下の漢気、見させていただきました」

感動しましたよ、と静蘭はにこりと微笑む。

「秀雅様も感心しておられました『まさか暁明がここまでやるとは。見直した』と」

「これで私も表だって天帝暗殺阻止に協力できるわけだな」

「そうなりますね。秀雅様は心配なさっておいでしたけど……私が言いくるめておきましょう」

「そういえば、翠樹は大丈夫だったのか」

「ええ。彼女にも同じ薬を煎じておきました、明日はお二人ともゆっくりお休みください。その分、杏たちが仕事を頑張ると張り切っておりました」

「ふっ……現金な者たちだ」

その姿が目に浮かぶようだ、と天陽が笑みを零すと静蘭が徐になにかを差し出した。

「こちらを」

「……これは？」

それは中央に菱形（ひしがた）の大きな翠玉があしらわれた首飾りだった。

「健闘した侍女に西獅宮の妃からの褒美の品です」

「美しいな。こんなに高価な品を受け取っていいのか？」

「褒美ですから、遠慮なく。ですが……それは游（ゆう）家に伝わる秘法のひとつ。肌身離さず大切にお持ちくださいね」

その言葉で手に伝わる重量感が増した気がする。

「そんな貴重な品、身につけるのも恐ろしい。まさか……なにか呪いでもかけているわけではあるまいな」

「游家は代々秘術師ですからね。有り得るかもしれませんよ？」

「其方がいうと洒落（しゃれ）にならん」

呆れる天陽に静蘭はにこりと笑う。

「冗談はさておき天陽様、本当にお疲れ様でした。今はゆっくりとお休みください」

よく眠れる薬湯ですよ、と先程差し出された薬を渋々飲み干せばすぐに眠気が襲ってきた。

「……そういえば、静蘭。其方、先程……どこに行っていた……」

体が疲れていたのか、それとも薬の効き目が素晴らしいのか。

最後まで言葉は続かず、天陽は目を閉じ寝息を立てはじめた。

「……麗霞」

その寝顔を見つめながら、静蘭はそっとその頬を愛おしそうに撫でる。

「そろそろ刺客が動き出す頃ですね……」

立ち上がった静蘭は、窓の外を見やる。

月は間もなく満ちる——約束の時が訪れようとしていた。

「麗霞、貴女を失うわけにはいかない。私が必ず貴女を守りましょう——たとえ、天帝の命と引き換えにしても」

結われた髪を解き、天陽を見下ろしながら静蘭は妖しく笑みを浮かべるのであった。

第七章
侍女、戦う

舞姫選抜の十日後、いよいよ七夕祭りの当日がやってきた。

「すごい賑わいですね」

「年に数回しかない大行事のひとつだからな」

軟禁場所の執務室の窓からもその賑わいがよく見て取れた。

至る所にたくさんの笹が飾られ、見目麗しい七夕飾りが施されている。道沿いにはたくさんの灯籠が並び、宵闇に輝く光はまさに天の川のように美しい。

その他にも豪勢な食事や甘味がたくさん用意されているらしく、皆浮き足立っているようだ。

「この日は侍女も仕事が休みになる。酒も提供され、朝まで大騒ぎだ」

「あはは、みんなが楽しく過ごせるのはいいことですね！」

格子越しに目を輝かせる麗霞を見て、慈燕は複雑そうな表情を浮かべる。

「夜になれば枢宮に移動する。その間、僅かではありますが祭りを見学すればいい。なにか食べたいものなどあれば、私が運んでこよう」

「え、慈燕さんが優しすぎて怖いんですが。もしや、なにか企んでます？」

「このひと月ずっと閉じこもっていたお前の息抜きになればいいと思っていっただけだ私は！」

引き気味の麗霞に慈燕は呆れて声を荒らげた。

照れくさそうにそっぽを向いているところを見ると、どうやら本心のようだ。

入れ替わりも二度目。ふた月も共に過ごせば慈燕のことは大体わかるようになった。

「ありがとうございます。でも……今日だからこそ、気を引き締めていかないと」

「宣告の日は今晩……だからな」

真面目な麗霞に慈燕にも緊張が走る。

このひと月、後宮で様々な騒動が起きたが、直接天帝(てんてい)を狙う刺客は現れなかった。

「今日もなにごともなく終わって、占術は大外れ……とかならいいんだけどなあ」

「誰もがそう願っているさ。逆に、なにもなさすぎて兵士の士気も緩んでいる。所詮占術師の戯(ざ)れ言(ごと)、天帝が殺されるなんて有り得ない、との声もある」

「気が緩んだところを一気に畳みかける。頭のいい刺客ならそうするでしょうね」

いわれてみれば、外にいる兵士は最初に比べていささか気が緩んでいる。

人数も最初は四人いたのがいつしか二人になり、今は一人となった。おまけにその一人も今は座って船を漕(こ)いでいる始末。

「まるで刺客に心当たりがあるような口振りだな」

「……そうですね。一人だけ」

おずおずと呟くと、慈燕は「何故早くいわない！」と声を荒らげた。

麗霞自身、確証があるわけではない。それになにより、面と向かって慈燕にいうのが憚られたのだ。

「……私が怪しんでいるのは慈雲さん。慈燕さんのお兄さんですよ」

「……っ」

慈燕は動揺したものの、否定はしなかった。

そもそも慈雲が怪しいといったのは彼なのだから。

「前、慈雲さんの部屋を訪ねたとき文を書いていたんです。そしてそれを隠していた。もしかしたら後宮の外に仲間がいて、やりとりをしていたのかも……」

「だから、そこまでわかっていて何故それを早くいわない!?」

「だってもし間違っていたら冤罪になるでしょう！　それに……慈雲さんについては私も利用価値があったから」

「利用価値？」

意味がわからず首を傾げる慈燕に、麗霞は自身の手を見た。

「……強くなるには慈雲さんに相手をしてもらうのが一番だからですよ」

慈雲が来てからというもの、毎日長時間の鍛錬を積んできた。

最初はすぐに息が上がっていたが、数日もすれば動けるようになった。幾度もまめが潰れ、痛みに悲鳴を上げていた手も、今ではまめが固まりしっかりと剣を持てるようになった。

「自分でもはっきりわかるんです。私はこのひと月で強くなりました」

麗霞はひたすら慈雲と手合わせを繰り返した。恐らくこの後宮の中で最も腕が立つのは彼だろう。

『甘い！』

『……っ、もう一度！』

慈雲の剣に一切の容赦はなかった。寧ろそれが有り難かった。

何度も倒れ、地に伏し、傷だらけになっても麗霞は諦めなかった。

『そんな剣では国なんて守れない。当日殺された方がマシかもしれませんよ』

倒れ、やられる度に向けられる冷たい視線。そして殺気。

「……このひと月ある意味、慈燕さんより過ごす時間が多かった。だからこそ、わかるんです」

ちらりと麗霞は扉に視線を移す。

すると計っていたかのように重々しく扉が開いた。

「――な」

「彼が刺客なら、正々堂々と私の命を奪いに来るって……ね」

そこには抜き身の剣を握る慈雲が立っていた。

その傍らには十名にも及ぶ兵士の姿。彼らは殺気だって麗霞を見据えている。

「兄上！　最初からそのつもりで！」

「愚弟と異なり、驚かれはしないようですね、陛下」

「このひと月、貴方と剣を打ち合わせてわかりました。貴方は獲物をただ殺すだけでは満足しない。精一杯抵抗させ、その実力を見極めて……殺す」

「よくおわかりで。鍛錬の成果を見せていただきましょう、陛下。貴方様がこの国を守るに相応しいか、否か。精々抵抗してください」

慈雲は麗霞の足元に剣を一本放り投げた。

ちらりと外を見れば、あれだけ賑わっていたはずの場所に人っこ一人いない。

「下手に騒がれても困りますので人払いはすませております。皆、私のいうことを素直に聞いてくれましたよ？」

「はは……このひと月で大分後宮を懐柔したわけだね」

「――陛下。お下がりください、ここは私が」

地に落ちた剣を取った慈燕が、麗霞の前に立ち塞がる。

剣を握る経験がほぼないに等しい慈燕の手は震えていた。

「……下がるのは貴方だよ、慈燕」

肩を叩き、麗霞は慈燕から剣を奪う。

「っ、ですが！」

「たとえ敵だとしても家族に剣を向けてはいけない。それに……これは私と彼の勝負なんだ。よく、見てて」

「よい、よい！　それでは死合いをはじめましょうぞ！」

げらげらと地を震わすような慈雲の笑い声が響く。

「さあ、かかっておいで」

麗霞が剣を抜き、放り投げた鞘が床に落ちたのがはじまりの合図だった。

まずは兵士たちが一斉に襲いかかってくる。

(狭い場所では戦い辛い！)

向かってきた二人を峰打ちで制す。倒れた彼らの間を縫って新たな一人が振り下ろしてきた剣を受け止めながら、麗霞は彼らを外へ押しやっていく。

「次！」

あっという間に三人目を倒し、次に来た四人目、五人目を体術で倒す。

見事な回し蹴りだ。麗霞が体勢を立て直す前に、残りの五人が背後から一斉に襲いかかってくる。

「まだまだっ！」

まず一人目の鎧(よろい)のすき間に剣の柄をねじ込み首を突く。その反動でさらに二人地に伏せる。残る二人の攻撃を躱し、毛先を切られながらも容赦なく急所を蹴り上げ、見事に制圧した。

「――うん、いい感じだ」

その間、ものの一分。

見事十人を制圧した麗霞は手を開いたり閉じたりしながら、技術が体に馴染んでいることを確かめる。

（白兵戦の天才――瞬く間に十人を切り伏せるのはまるで先々代の逸話のようだ）

麗霞の立ち回りに慈燕は目を見張る。

二代前――今は亡き、天陽(てんよう)の祖父・天光(てんこう)帝の時代。朝陽(ちょうよう)は世界を統一せんとする大戦に巻き込まれた。類(たぐ)い希(まれ)な武術の才があった天光帝は自ら戦場に赴き、朝陽の民を守るべく戦った。

そこで上げた戦果はどの兵士よりも大きく、敵兵を次々圧倒していくその様はまさに鬼神のようであると伝えられていた。

「これで一対一だね、慈雲」

「お覚悟を、陽暁明(ようぎょうめい)様――」

とうとう慈雲が剣を構えた。

(私はまだ一度も慈雲に勝てていない——)

相変わらず慈雲の剣筋は重い。

一撃を受けるだけで手が痺れ、打ち負けそうになる。

(ここで負けるわけにはいかない。なんとしても……!)

「貴方にこの国を守り抜ける力があるのか！　私が敬愛する天光帝からその一字を貰い受けた暁光(ぎょうこう)様に役目を渡していればよかったんだ！」

慈雲が感情を露わにする。

「弟、弟うるっさいなあ……私はそんなのどうでもいいんだよ！」

声を張りながら剣をはじき返す。

正直、顔も知らない相手と比べられるのは非常に不愉快だ。そして慈雲の過度な期待もぶっちゃけどうでもいい。

麗霞が負けられない理由はただひとつなのだから。

「私は、ただ今、傍にいる人たちを精一杯守るだけ！　それを害するなら……剣だろうが筆だろうが、なんでも持つ！　今私が貴方にやられたら、私の大切な人たちが幸せになる未来が見えないから！　それに——」

麗霞は踏み込み、慈雲に向かって駆けていく。

「正面から力勝負か!? 甘い！」

「私は負けるのが大嫌いなんだ！ 何度倒されても、最後に立ってたほうが勝ちなんだ！ それに相手の得意技で勝つのは最高に気持ちいいでしょう！」

真っ向勝負。

上段から思い切り振り下ろされた剣を、慈雲は両手で受け止める。

二人の力が拮抗し、剣がガチガチと音を立てた。

「……李慈雲、貴方の思い通りにはさせない！」

「——っ、ぐ！」

がきん。

金属音が響き、そして静寂が訪れた。

「私の勝ちだ、慈雲」

「…………何故、そのまま振り下ろさないのです。私は貴方様の命を狙った謀反人ですよ」

膝を突いたのは慈雲だった。

彼が握っていた剣は真っ二つに折れ、切っ先が地面にとすんと突き刺さる。

そのまま振り下ろされた麗霞の剣は、彼の額に当たる寸前で止まっていた。

「私は血が流れるのは好きじゃないから。それにもう勝負はついた。さ、大人しく仲間の情報を教えて」

「……仲間？　なんの話でしょう」

俯いたままの慈雲と目を合わせるように麗霞はしゃがんだ。

「しらばっくれないで。天帝暗殺は貴方が仕組んだことなんでしょう？　仲間と文通をして外から間者を招き入れて後宮を占拠するつもりだった。貴方がお望みの下剋上をするために」

「……………はて」

顔を上げた慈雲はぽかんとして目を見開いている。

本当になんの話かわかっていないようだ。

「この状況では信じてもらえぬかもしれませんが、私は刺客では御座いません」

「…………え!?」

「なっ、剣を抜きながらなにを……！」

流石に苦しすぎる言い訳に、慈燕は声を荒らげた。

すると慈雲は両膝を突き、深々と頭を下げた。

「これまでの多大なる無礼の数々、お許しくださいい天陽陛下。これは貴方様のために私が仕組んだ作戦で御座います」

「さ、作戦？」

麗霞と慈燕は顔を見合わせ目を丸くする。

「貴方様が皇帝に相応しいか見極めようとしていたのは事実。そして今ここで、貴方様の命を奪おうとしたのもまた……事実」

「……皇帝に相応しくなかったら、その場で切り捨てられていたわけか？」

「いかにも」

あ、目が本気だ。この人本気で殺すつもりだったんだ。

麗霞は顔を引きつらせる。

「ですが、このひと月で貴方様は変わられた。立ち居振る舞い、そしてそのお力。貴方様は真の天帝に相応しい。暁光様が仰った通りだった」

「……まさか、文通の相手って」

「暁光様ですよ」

「なら、なんで私に尋ねられたとき文を隠したりなんて……」

徐に慈雲は懐から文と、日々書き留めていた手帳を差し出した。

『暁光様、兄君はよく努力しておいでです。

どれだけ私が罵詈雑言（ばりぞうごん）を浴びせようとも、辛い稽古をつけようとも、決して折れることなく私に食らいついてくる。

幼き頃、母君の後ろに隠れていた弱虫の暁明様は変わられ、立派な大人になられた。

これは私事ですが我が愚弟も立派にやっていました。

幼き頃、私が病弱だったせいで天帝の側近という重い立場につかせてしまった。重荷だったのではとずっと気に病んでいたのです。だが、その心配は無用でした。慈燕は立派だ。聡明(そうめい)で、私とは異なり器量も良い。自慢の弟です。

天陽様は良い皇帝になるでしょう。そしてその右腕も安心だ。

いつかその隣には暁光様が並び、陛下をお支えください。

そこに私のような老体は必要ない。若き者たちが国を守っていけばよいのです』

普段の慈雲からは想像がつかない思いやりに溢れる文に思わず麗霞は顔を赤らめた。

一緒に文を見ていた慈燕は驚き目を潤ませている。

「こんな手紙、読まれたら顔から火が出てしまう」

照れくさそうにはにかむ慈雲。

天陽や暁光への忠誠心は本物で、そして慈燕に対する愛情がなによりも深かった。

「ですが兄上、なぜ天陽様だけではなく私にも黙って……」

「実はひと月前、秀雅(しゅうが)様から文が届きまして。天陽様を鍛え直してほしいと密命を承ったのです。貴方様を、そして我が愚弟を鍛え直すために自ら嫌われ役を買って出ました」

ここで登場した思わぬ名前に、麗霞はぴくりと眉を動かす。

「……こ、皇后は全部ご存じだった、と？」

「ええ。そして七夕祭りの日、私が刺客として天陽様の前に立ちはだかる。そこで私が貴方様の命を頂戴したことにし、表向きには『天陽暗殺』を成し遂げたことにして御身を守ろうとしたのです。陛下ではありませんが、幽霊になれば殺されはしないでしょうから」

（秀雅さまあああああああああああっ!?）

脳内に企み顔の秀雅が浮かび、麗霞は心の中で思い切り叫んだ。

結局またあの皇后の掌の上で転がされていたわけだ。

そういえばどれだけ『天陽』がしごかれていても文句ひとつ言わなかったな、あの人。普通「天帝失格だ！」などといわれれば、袖を捲って慈雲に殴り込みに行きそうなのに。

そうか、そうか、そういうことだったのか――全ての事柄に納得がいった。

「……私、完全に貴方が天帝暗殺を企んでいる刺客だと思ってた」

「李家は何十代にもわたって皇帝に仕えてきた！　たとえ天陽様がどれだけ駄目な皇帝だとしても、主君を裏切ることは決してありません！」

地が震えるほどの力説。いや……それは色んな意味でぶっ刺さるけれども。

「待って。待って待って……じゃあ、刺客は誰になるの……？」

　全ての推理が外れた麗霞は動揺しながら慈燕を見た。

「……笙紫鏡」

「そう考えるのが正しいでしょうな」

　李兄弟の意見が合致する。

「今日、紫鏡はなにをして？」

「見たところ館は出ていない様子。こんな稼ぎ時に仕事をしない占術師もおかしなものではございませんか？」

「まさか……天帝を狙う準備を!?」

「すぐに紫鏡のもとに向かいましょう！」

＊

「や、そろそろ来る頃だと思っていたよ！」

　枢宮。紫鏡の部屋に向かうと、彼女は呑気に麗霞たちを出迎えた。

「な、なにをしているの？」

「なにって……荷造りですよ。今日が終われば、ボクはもうお払い箱だ。ひと月もいたんだから、こつこつ片付けをしないとすぐに帰れないでしょう？」

「……帰れると思っているの？　貴女は天帝を狙った刺客だというのに」

麗霞が紫鏡を睨めど、面白いことをいうねと彼女は呑気に笑う。

「ボクはただの占い師だよ。大体、処刑を止めて助けてくれたのはあなたじゃないか」

「……貴様、陛下に向かってその口の利き方はなんだ！」

怒る慈燕を制する麗霞。

そういえば紫鏡はこの入れ替わりに気付いている気配があった。つまり、紫鏡は今『天帝』と話しているのではなく『侍女白(はく)麗霞』と話しているにすぎないのだ。

「……そもそもこの騒動は貴女が『天帝が死ぬ』なんてことをいったからはじまった。占わなければこんな騒動になっていない。内輪同士で揉(も)めさせて、そのいざこざの間に天帝を殺そうとした……違う？」

麗霞の推理に紫鏡はうーんと唸りながら首を傾げる。

「本当に天帝を殺すつもりなら、最初に出会ったときに手にかけていると思わない？だってあそこは二人きり。そして手が握れるほど近づける。この厳重警備の中、行動に移すよりも、容易でしょ？」

それはご尤(もっと)もだ。紫鏡の笑みは計り知れない。故になにを考えているかわからないから恐ろしいのだ。

その時、刻限を告げる銅鑼(どら)が鳴り響いた。

それは奉納演舞はじまりの合図だった。

「――そろそろ奉納演舞がはじまるね。行かなくていいのかい？　天帝様」

「貴女を放って行けると思う？」

じろりと麗霞が紫鏡を睨むと、慈燕と慈雲が剣を抜いた。

「おやおや、ボクを捕らえようってつもり？　天帝様は聡明だと思ったんだけどなあ……」

剣先を向けられ両手を挙げた紫鏡は困り顔だ。

「あのさあ……ひとつ、勘違いしているよ。天帝様」

「どういうこと？」

「ボクは、確かに天帝様に『あなたは七夕祭りの夜に死ぬ』っていったよ」

「殺させはしない！　そのために私がいるの！」

勢い余って麗霞は紫鏡の胸ぐらを摑んだ。

「はぁあ……君もよくわかっていないみたいだね」

呆れたように紫鏡は深くため息をついた。

「今、その体の中にいるのは天陽様じゃないよね。侍女の白麗霞さん？」

「……っ」

はっきりと名前を告げられ麗霞は目を丸くした。

事情を知らぬ慈雲は「なんのことだ」と慈燕を見るが、今は説明している場合ではない。

「ボクは一度君を占った。その時『災難が降りかかる』といっただけだ。『死ぬ』なんて一言もいってないよ、白麗霞」

「……まさか」

回りくどい説明。面白がるような含み笑い。

その瞬間、麗霞は全てを察した。

「ボクの占いはその人の『魂』の未来を見る。ボクが最初に見たのは天陽様の『魂』の運命。体に起こる未来じゃない。入れ替わった先……現在の魂の未来だよ」

「……っ、どうしてそれを先にいわない！」

「だって聞かれてないもん」

「天陽様っ！」

麗霞は紫鏡を突き飛ばすように放すと、大慌てで部屋を飛び出した。

「慈燕さん、慈雲さん、急いで！　このままじゃ天陽様とみんなが危ない！」

「……ど、どういうことだ。一体なにが起きている」

「兄上、詳しい説明は後です！　一先ず急いでください!!」

呆然とする慈雲の背を押し、慈燕は麗霞の後を追いかけた。

「あはは、運命の夜だよ。どんな未来になるか、結末を楽しみにしているよ」

一人呑気な占術師は、いってらっしゃーいと走り去る面々の背中を見送ったのであった。


(急げ、急げ急げ!!)

既に日は落ち、見事な満月が空を照らしていた。

自分が天帝の身だということも忘れ、麗霞は全速力で後宮を駆けた。

「天帝様!?」

「えっ、嘘!?」

「ごめん。ごめんね！　通して！」

道行く侍女が驚いて声を上げる。でも気にしている場合ではない。

枢宮の中央門を潜れば見えてくる演舞殿の大舞台。そこでは音曲が鳴り響き、五名の妃たちが奉納演舞を舞っていた。

「その演舞、ちょっと待ったあああああっ！」

高台ではなく、一般の観客席から現れた麗霞に妃たちは驚き、動きを止めた。

天陽は妃たちの奥の方に隠れているのか、その姿が見当たらない。

麗霞は息を切らしながら舞台上にいる天陽のもとへ向かおうとする。

「奉納演舞は中止……！　皆、すぐに舞台から下り——」

その時だった。

麗霞の横を人影がさっと通り過ぎた。

外套で顔と体をすっぽり隠した怪しい人影は凄まじい速度で舞台へと駆け、たたんと軽い足音を立てて階段を上っていく。

「天陽様！」

麗霞はすぐに駆け出した。

間違いない、アレが刺客だ。

外套の中から伸びた手には鋭い短刀が握られている。

刺客は妃たちには目もくれず、最奥にいる天陽のほうへ一目散に向かった。

「——覚悟！」

「待って、天陽様！　逃げて！」

麗霞は全力で走る。

間に合え、間に合え、間に合え！

（なんとしても守るって約束したんだ！）

「……麗霞!?」

階段を飛ぶように上って舞台に上がると、一番奥にいた天陽の体を抱き寄せる。

「天陽様！！！」

勢いそのままに、二人は舞台袖から真っ逆さまに落ち、その真下にある池の中へと落ちていく。

どぼん。

満月の夜、二人は再びあの運命の池に身を投じたのである。

「……っ、麗霞！　其方(そなた)なんて無茶を！　今元に戻ったら――」

無我夢中で岸まで這い上がった瞬間、天陽の檄(げき)が飛んできた。

水が染みこみ、ずしりと重くなった体。地についた手は見慣れてきたそれより幾らか小さくなっている。

（……元に戻った！）

すぐに水面を見れば、そこに映る姿は元の自分――『白麗霞』だった。

ぱっと天陽を振り返ると、麗霞はその肩を摑んだ。

「天陽様、天陽様！　これでいいんです！」

「……なにをいっているんだ」

「刺客は入れ替わりに気付いていたんです！　だから元に戻ったほうが都合が良い。そうしたら狙われるのは――」

背後から殺気を感じた。

舞台の手すりに飛び乗っている、外套を纏った小柄な刺客。

短剣を両手でしっかりと握り麗霞目がけて飛び降りてくる。

「刺客は私と入れ替わった天陽様の魂を狙っていたんです！」

つまり、元に戻ってしまえば『天陽』が狙われることはない。

仮にここで死んだとしても、ただの侍女が一人命を落とすだけ。

「大丈夫です、私が貴方を守ります！」

「……っ、笑って命を差し出す阿呆がどこにいる！」

その瞬間、目の前が闇に覆われた。

麗霞の前に出た天陽が刺客に背を向け、彼女を強く抱きしめた。

「惚れた女子が傷つく様を誰が見たいか！　いっただろう、私は其方を守ると！」

「天陽様……！」

彼の肩越しに刺客がすぐそこまで迫っているのが見えた。

『今からひと月後――七夕祭りの夜。あなた様は死にます』

盗み聞きした紫鏡の言葉が蘇る。

占術師の腕は本物。その未来は今現実になろうとしていた――。

「天陽様、バカ！　バカバカ、離れて！　貴方が死んでしまう！」

ぎゅっと体を押したがびくともしなかった。

ひと月の間、無心に鍛え上げた男の体を酷く恨んだ。

「……邪魔をするならお前も殺すだけだ」

（——ああっ！）

外套の中からにやりとほくそ笑む刺客の顔が見えた気がした。

麗霞はその後の現実を見られずぎゅっと目を閉じる。

聞こえたのは肉を切り裂く音でも、天陽の呻き声でもない——聞き慣れた、剣同士が重なる高く澄んだ音だった。

「——な」

「静蘭（せいらん）……？」

二人の前に立ちはだかったのは静蘭だった。

演舞用の動きにくい着物姿で短剣を握り、いとも容易く刺客の剣を受け止めていたのだ。

「天陽様、麗霞をもっと後ろへ。彼女を守って」

「あ、ああ……！」

いつもとは違う雰囲気の静蘭に、天陽は唖然（あぜん）としながらもいうことを聞いた。

大柄な天陽にすっぽりと隠れながら、麗霞は僅かなすき間から様子を窺う。

「おのれ……次から次へと邪魔ばかり！」

どうやら刺客は静蘭のことを知っているようだ。

苛立たしげに歯ぎしりをすると、再び静蘭へと向かっていく。

「静蘭、違うの！　その刺客は私たちの入れ替わりに気付いてる！　だから今は天陽様を直接狙ってくるから、守るなら私じゃなくて天陽様を――」

「違う。狙われているのは貴女よ、麗霞」

「…………へ？」

「邪魔をするな、游静蘭！」

静蘭が一瞬麗霞のほうを見た隙を突き、刺客が動く。

しかし剣が静蘭に届くよりも早く、雹月によって地面に押さえつけられた。

刺客は必死に抵抗するが雹月の力には敵わない。

「やはり静蘭様の読み通りでしたね。皆で警戒していた甲斐がありました」

雹月が麗霞を見据え「無事でなによりです」と柔らかく微笑んだ。

「もうっ、なんでみんな平気でこんなところから飛び降りられるのよ！　信じらんない！」

「あははっ、朝陽の妃は皆強いからなあ！」

「秀雅様、秀雅様！　危険ですのでもっと下がってください！」

舞台からおっかなびっくり桜凜が顔を出し、それを愉快そうに見下ろす。秀雅を必死に鈴玉が諫めている。

「皆さん……どうして……」

「演舞がはじまれば刺客が来る。最初からこうする予定だったんだ。刺客を誘き出すために、わざと嘘の時刻に銅鑼を鳴らし、枢宮の中庭に組んだ仮設舞台で予行練習を行ったんだ」

「え……仮設舞台？」

「天帝への奉納演舞が枢宮の中庭なんて地味な場所で行われるはずがあるまい！　それなのにまんまと騙されおって……実に愉快よ！」

上手くいきすぎて笑えてくるわ、とまたまた頭上から秀雅の声が降ってきた。

「奉納演舞は毎年宮廷に舞台を組んで行われていたからな。どうにもおかしいとは思っていたが……まさかこのためとは」

驚く麗霞に天陽は平静に話す。

「そしてまんまとここに来るということは、この場所を知っている者ということ。貴女は最初から私たちの掌の上だったのよ」

ぐいっと乱暴に静蘭は刺客の外套を外した。

そこにいたのは――。

「そうよね――流翠樹」

「……っく」

「翠樹。何故其方が……」

悔しげに顔を歪めている翠樹を見て、天陽は顔を曇らせた。

その小柄な体で抵抗を続け、恨みの籠もった瞳で静蘭を睨みつけている。

「今の演舞はただの予行練習。本番は完全に日が暮れてからだ」

「観客席に一人もいないというのに、まんまと来るなんておバカな殺し屋さん」

淡々と告げる雹月と、煽るように笑う桜凜を翠樹はぎろりと睨みつける。

「謀ったな！」

「貴女が刺客なのは最初から気付いていた。でも、尻尾をつかむまでわざと泳がせていたのよ。監視しやすいように、麗霞を教育係に任命したのもそのため」

静蘭がいつもと変わらぬ笑みを浮かべれば、翠樹は悔しげに歯ぎしりをする。

「だからか……私が白麗霞といるときはお前が常に張り付いていたな！」

「それを知っていて、最初から私に教育係を頼んでいたのか!?」

「うふふ、身内から騙さないと人は騙せませんからね。最後の最後に手の内を明かし、こうして妃の皆様にお手伝い頂いた……というわけですわ」

驚く天陽に静蘭はしてやったりと微笑んだ。

ああ恐ろしき游静蘭。全ては彼女の掌の上ということか。

「私は皇帝の腹心、游家の人間。彼女に指一本触れさせはしない」

笑みを消した静蘭は、冷酷な顔で翠樹の首に剣を突きつけた。

「ちょ、ちょっと待ってよ静蘭」

それに異議を唱えたのは麗霞だ。状況を呑み込めず、目を泳がせている。

「この子は天陽様と私の入れ替わりに気付いていたから私を狙っていたんじゃ……」

「入れ替わり？ なんの話だ。私が狙っていたのは白麗霞ただ一人！ ヘタレ皇帝なんて殺したところでなんの得にもならないしあまりにも危険すぎる！」

「……酷い言い草だな」

きっと睨まれた天陽は顔を引きつらせながら重いため息をついた。

「待って。それならなんで私を狙う必要が……？」

「それは……貴女が皇帝の血を引く者だからよ」

「……………………は？」

その場にいた秀雅以外のほとんど全員の声が重なった。

取り押さえられていた翠樹でさえも驚き目を丸くしている。

麗霞の傍にいた天陽は石みたいに硬直している。

「……は？ 皇帝の血を引く……？ え、どういうこと……？」

「おやおや、やっぱり実行犯はなにも聞かされていないのね。どうせ後宮の侍女一人を殺すだけの簡単な仕事だと思ったのでしょう」

「待って。待って待って待って待って。意味がわからなすぎる」

状況が呑み込めない麗霞は頭を抱えた。

「おかしいと思わない？　貴女はロクに都の空気も知らない山育ち。ど田舎豪族の娘が、皇帝の腹心である游家に取り立てられると思う？」

「……ま、まあ。それはおかしいな、とは思っていたけど」

「貴女は自分が私たちに会いに来ていると思っていたけれど、事実は逆よ。私が貴女に会いに行っていたの。それが游家が皇帝のもとを離れた理由のひとつだから」

うん。いわれてみれば子供の頃から麗霞はろくに村の外に出たことはなかった。たまに都の游家に遊びに行ったことはあったが、殆ど(ほとん)は静蘭たちが白の村を訪れていた。そもそも麗霞が暮らす村と都は馬車で三日以上かかるほど離れている。そんなど田舎の小さな村を治める麗霞の父が、曲がりなりにも名家のひとつに数えられている游家と仲が良いのもおかしな話だ。

「麗霞、貴女は先々代天光帝の孫。そして霞焔(かえん)叔父様は、天光帝が側室との間にもうけた長子」

「ま、待て……天光帝の長子は皇后との間に生まれた父上……先帝と記録されているはずだ！」

ようやく我に返った天陽が刺客そっちのけで話に入る。

「ええ。公の記録ではそうでしょう。ですが、事実は違う。この国は長子相続。跡継ぎが生まれれば自分の立場が危うくなると恐れた皇后は、妊娠中の側室を消そうとした。けれど、天光帝はそれに気付いていたのです」

愛する我が子を失わないためにと、天光帝は子を身籠もった妃を後宮の外へ逃がした。腹心である游家当主に彼女の警護を命じ、皇帝の権力が及ばないほど遠くの白の村へと逃がしたのである。

「事情を知った白家当主は彼女を妻に娶り、叔父様を息子として育てた。そして游家はその後、白家の盟友として皇帝の隠し子を見守ることとなった。それが『変わり者の游家が皇帝のもとを離れた』真の理由」

「じゃあ、本来なら父上が天帝になっていた……ということ？」

「そう。そして順当にいけば、貴女が皇帝になっていたはずだった」

にこりと微笑みながら、静蘭は麗霞の前に跪くとその手に口づけを落とす。

「貴女が私の主なのですよ、麗霞様？」

「は、はああああああああああっ!?」

麗霞大絶叫。

この世に生まれて十八年。はじめて知った衝撃の事実に開いた口が塞がらない。

「いや、有り得ない。私が……というか、父上が天帝の血を引いているとか有り得ない！」

「うーん……そうね。この池、天帝の血を引く者同士じゃないと入れ替わりができないのよ。つまり、それが成立してるってことはそういうことよね！」

うふっ、と種明かしをしている静蘭はそれはもう楽しそうだ。

「……まあ、いわれてみれば納得かも」

「妙な貫禄があるし、人を従わせる魅力がある」

妃たちがうんうんと頷いている。妙に納得しているが、それでいいのか。

「じゃ、じゃあ……静蘭が私を後宮に連れてきたのは……」

「秘密はいつかどこからか漏れるわ。そうなれば麗霞の命が危ぶまれる。だから叔父様と相談してここに連れてきたの。木を隠すなら森の中、ってね。運良く皇帝の妃にでもなれれば、この大がかりな嘘も必要なくなるでしょう？」

でも、と表情を消した静蘭が取り押さえられている翠樹を睨む。

「……ついに懸念していたことが起きた。どこからか情報を盗み、麗霞の命を狙って後宮に忍び込んだ者がいる、と霞焔叔父様から文が届いた」

「静蘭が父上と文通していたのって」

そのためよ、と静蘭は麗霞に向かって優しく微笑んだ。

「その刺客がこの流翠樹。貴女はどこからか麗霞の話を聞いたのかしら？　貴女の主は一体誰なの？」

対照的に翠樹に向ける視線は恐ろしいほど冷たく、その首根っこを摑み今にも殺そうとその首筋に短剣を突き立てる。

「い、いわない！　私を殺すならさっさと殺せばいいでしょう！」

「この私がすぐ殺すわけないでしょう？　ありとあらゆる薬を用い、情報を吐かせる。その後は……そうね。試験段階の薬の実験台になってもらいながらじわじわとなぶり殺しにしてしまおうかしら。うふふ、ちゃんと延命のお薬も使うから安心して頂戴ね？」

毛を逆立て威嚇していた翠樹だが、恐ろしくも楽しげな静蘭の言動にぞっと青ざめる。彼女の恐ろしさは翠樹本人がこのひと月、身をもって味わっていることだ。

「……ああ、けれど天帝の許しがなければ、この後宮で殺しはご法度でしたわね」

つまらなそうに静蘭は天陽を振り返った。

「どうなさいますか、陛下。ただの妃の戯れ言としてこの者を逃がしますか？　それとも、侍女を狙った犯人として処分しますか？」

全員の視線が天陽に注がれる。

注目を浴びた彼はいつもと変わらぬ表情で、地に伏せる翠樹を見下ろした。

「……翠樹。其方、以前母の顔を知らないといっていたな。それは事実か」

「だったらなんだ！　私は殺しも盗みも、生きるためならなんでもやった！　のほほんと平和に生きているお前たちとは違ってな！」

翠樹は叫んだ。

「この仕事を呑んだのも、其方が生きるためか」

「そうだ！　侍女一人殺すだけの簡単な仕事だ。それで一生困らない金が貰えるはずだったんだ！　それなのに散々邪魔が入って！」

「たったそれだけの仕事で大金が手に入るなんておかしいとは思わなかったのか」

言い淀む翠樹。

感情を荒らげる翠樹とは対照的に天陽は冷静だった。

翠樹の叫びを天陽は黙って聞いていた。

このひと月、多くの時間を彼女と過ごした。たとえそれが翠樹にとっては相手の懐に忍び込むための演技だったとしても、ああやって人懐っこく慕ってくれた日々は、時に煩わしくはあったが嫌ではなかった。

ちらりと麗霞に視線を送ると、彼女は黙って頷いた。

全てを天陽に託す、そういわれているような気がした。

「翠樹、私は其方を殺さない。私は血が好きではないから。だから、好きに生きればいい」

「ははっ！　自分が命を落とすところだったというのにとんだお人好し！　やはりお優しい暗君の噂は本当だったのね！」

「──だが、後宮を出れば恐らく其方は死ぬ」

「…………へ？」

「やはり……其方はなにも知らぬのだな」

　喜びから絶望へ。

　一喜一憂する翠樹の反応を見て、天陽の目に哀れみが浮かんだ。

「其方は知ってはいけない事情を知った身。殺しに失敗した刺客を生かしておく雇い主はいないだろう……いや、もし仮に成功していたとしても口封じのために殺されていただろう」

「で、でも……お金をくれるって、雨風をしのげる家と、美味しいご飯が食べられるって……」

「其方がどのような生活を送ってきたか、確かに私にはわからない。でも、其方のような人間がどのような末路を辿るかだけはわかる。其方のように幼く、身寄りもない子供は悪い大人に食いものにされる。其方はただの捨て駒のひとつでしかないんだ、翠樹」

　目を真っ直ぐ見据えながら淡々と語る天陽に翠樹の目から大粒の涙が零れた。

自分の運命を知らなかったのだろう。どう転ぼうとも、彼女は死を免れないのだ。

「……其方が生き延びるためにはここに留まるしかない」

「そうやって脅して、私を利用するつもりか！　それならお前がいった『悪い大人』と変わらないじゃないか！」

「そうだ」

迷いもなく、天陽はそういいきった。

これは翠樹にとって殺すよりも残酷な決断かもしれない。だが、天陽に迷いはなかった。

「私は麗霞を守ると誓った。だから彼女を殺めようとした其方を許すことはできない」

「なら、私を殺せば済む話だろう！」

「後宮で働く体力。ひと月、刺客と知られず潜み続けた演技力と忍耐力。其方が秘めた能力は凄まじい。ここで失うのは惜しい才女だ。そうだろう？　西宮妃、游静蘭」

「……そうですね。いち妃として見れば彼女はよくやってくれていたと思います」

その返答を聞いて天陽は満足げに微笑み、翠樹のもとに歩み寄ると目を合わせるように屈んだ。

「流翠樹、私のもとで働け。普段は後宮の侍女として、有事の際は私の密偵として。其方の命が尽きるまで、私に仕えると誓うのだ」

天陽は翠樹に向かって手を差し伸べた。

「報酬はそうだな……温かな寝床と、三度の食事。勿論給与も払う。煩わしさといえば、賑やかでお節介焼きな仲間が多いことくらいだろうか」

「だ、誰が信じるか！　雇い主が変わるだけだろう！」

「馬鹿ねえ……あんたは天帝直属の部下になるってことよ。天地がひっくり返るほどの逆転人生だってどうしてわからないのかしら」

中々首を縦に振らない翠樹に呆れるように、頭上から桜凜の声が響いた。

啞然とする翠樹は目を瞬かせながら天陽を見る。

「な、なぜ……私を殺さない……助けようとするんだ」

「そうだな。ひと月、人懐っこくくっついてきた可愛らしい猫に愛着が湧いてしまったようなものだ。其方を絆すところが、情が湧いてしまったらしい」

にこりと微笑みながら天陽は翠樹の頭を撫でる。

その感触に翠樹ははっとして俯いた。

「……ひと月、私の傍にいてくれたのは貴方様だったのですね、天陽様」

「さあ、どうだろうな。入れ替わりなんてお伽噺、おいそれと信じる阿呆はそういないだろう」

涙を零した翠樹は袖口で目を拭うと、天陽に跪いた。

「この身が尽きるまで、貴方様に忠誠を誓います。貴方様だけが私の天帝です」

天陽の手を両手で握った翠樹は、それを頭上に掲げ忠誠を誓ったのであった。

「これをもって流翠樹の身はこの天陽が預かった。もし彼女が私の手を噛むことがあれば、その時は私が責任を持って処分する。異論がある者はいるか？」

立ち上がり、周囲を見回す。

異を唱える者は誰もいなかった——李慈雲を除いて。

「久しいな、慈雲。諸々（もろもろ）の事情があり、挨拶できず悪かった。刺客も処罰できぬ暗君と、私を見限るか？」

「……さて、なんの話でしょう」

慈雲はぽつりと呟いた。

「私はひと月、天帝と共に過ごしました。あなた方は良き天帝だと、この目で判断致しました。故に、貴方様がそう結論を出したのならば……私は快く従いましょう。天陽陛下、立派な天帝になられましたな」

はじめて慈雲は柔らかな笑みを浮かべ、深々と拱手礼（きょうしゅれい）をした。

「これにて一件落着だな」

天陽が締めの言葉をいえば、全員がほっとして脱力した。

妃たちが続々と天陽と麗霞を囲み、和気藹々と談笑をはじめる。

「このように天帝と妃たちの仲が睦まじい代は未だかつてないだろう」

その光景を見ながら、慈雲は隣にいた慈燕に声をかけた。

「ええ。恋慕や愛情とはまた違った絆で皆様は結ばれているようですから」

「よき君主を持ったな、慈燕。兄として鼻が高い。これからも励むように」

「兄上にいわれずとも、そのつもりですよ」

側近二人もはじめて肩の力を抜き、柔らかに言葉を交わす。

その時、ごおんと銅鑼が鳴り響いた。

「おや……そろそろ本番がはじまるようだぞ」

「奉納演舞ですね！　皆さん頑張ってください、私応援しているので！」

と一歩引こうとした麗霞に視線が集まった。

「……え、な、なんですかその視線は」

「麗霞。貴女、今元に戻っていること忘れてないかしら？」

「――――あ」

静蘭がにやりと妖しく笑う。

考えること数秒。全てを察した麗霞は硬直した。

「そりゃあ私たちの準備は万端だけれど……貴女は大丈夫なのかしらね？」

桜凜がにやにやしながら麗霞を煽る。

「麗霞殿ほどの身体能力があれば、これくらいの舞どうということはないでしょう」

無自覚な雹月の期待の視線が麗霞の心を抉る。

「身代わりで皇帝を務めるほどの胆力がある其方が、たかだかぶっつけ本番の演舞程度で逃げ出すはずがあるまいな」

秀雅は逃がすまいと麗霞の肩に腕を回し顔を覗き込む。

「あ……あ……ああ……」

麗霞の顔は青ざめたかと思えば緊張で真っ赤に染まり、変な汗がだらだらと流れ出した。

「貴女と舞台に立てるなんて夢のよう！　さあさあ、一緒に頑張りましょう！」

極めつけに喜々として静蘭が麗霞の手を引き、会場に向かって走り出した。

「嫌だあああああああああああああああああっ！」

最後の最後に災難。

「頑張れ、麗霞」

泣き叫びながらあっという間に遠ざかっていく悲鳴と麗霞の姿を、天陽は同情しながら見送るのであった。

＊

「麗霞……本当に大丈夫か？」

「……ここまで来て、逃げるわけにはいかないじゃないですか」

宮廷に設けられた本物の演舞殿。

そこは官吏や侍女を含め、大勢の観客で賑わっていた。

そしてその舞台袖。幕の中からその様子を見つめながら肩を落とす麗霞にそっと天陽が声をかけた。

「というか色々なことが一度にありすぎて、頭が追いついてないんですよ」

両手で顔を覆っているため麗霞の表情は窺えない。

皇帝の身代わりとして命を狙われたひと月。そして突如告げられた出生の秘密。

理解が追いつかなくて当然だ。

「彼女たちの言葉を真に受けて無理をしなくてもよいのだぞ……」

「それは駄目です」

顔を上げて、麗霞ははっきりと断言した。

「それは天陽様の努力を無にすることです。そして私としても良い機会なのかもしれない」

「──麗霞、行くわよ。準備はいい？」

幕が上がり、秀雅、雹月、静蘭、桜凜の順で舞台に上がっていく。

「麗霞──」

「これでも静蘭に色々仕込まれてきました。昔から母が厳しかったのも、こういう理由があったからなのかもしれない。父が……異常に親馬鹿で甘かったのも」

これまでのことを思い出しながら、麗霞は肩を竦めて笑う。

「ねえ、天陽様。私、嬉しかったんですよ。天陽様が私のために動いてくれたことが。私を守るといってくれたことが」

麗霞は天陽に向かって微笑んだ。

「それに、大丈夫ですよ。私の体は、この舞をきちんと覚えてくれているから。だから見ていてくださいね。私と……陛下のひと月の成果を」

そういって麗霞は迷いなく舞台に上がっていった。

いってきます。

五人が舞台に出揃うと、ゆっくりと天陽が席につく。

ゆったりと音曲がはじまれば、妃たちは一糸乱れぬ動きで舞をはじめた。

それはかつて、後宮に残された妃から遠い戦地にいる天帝へと捧げられた舞。

愛情を示すように穏やかに、心配を表すようにしおらしく。そして戦士を鼓舞するように激しく、一曲のうちで曲調が目まぐるしく変わっていく。

(——麗霞。選抜を勝ち抜いた勝者への褒美だ、美味しいところは譲ってやろう)

(は……!?)

演舞中、すれ違った隙に秀雅が麗霞の耳元で囁いた。

それは皇后の独り舞。突然のことにさすがの麗霞も狼狽えた。

(無理ですよ!? 今でさえやっとなのに)

(振り付けなんてあってないようなものだ。其方の好きなように舞うと良い。それに……それができるほど、私は体力がないからな)

苦笑を浮かべる秀雅の動きはたしかに鈍かった。

表面上楽しそうにしている彼女ではあるが、このひと月かなり無理していたのだろう。化粧の下に隠された顔色はそうよくはなかった。

戸惑いがちに周囲を見れば、他の妃も賛同するようにこくりと頷く。

(いってきなさい、麗霞。この舞は貴女が踊ってこそ陛下に捧げるに相応しい)

最後にとん、と静蘭に背中を押された。

そして舞台中央に麗霞が立ち、他の四人は祈るように跪く。

太鼓の音が一つ鳴り、曲調がまた変わった。

ゆったりとした響き。だが、静の中にも激しさが見え隠れする、そんな曲。

(私が思うとおりに……)

立ち尽くす踊り子に周囲がざわつく。

しかし麗霞はそんなことは気にも留めず、じっと天陽を見つめていた。

彼は慌てもせず、黙って玉座に座りながら静かに頷いた。

(そうですね、陛下――)

二度、身代わりとして皇帝の座についた。

そして彼の孤独も苦労も理解した。

自分がその血を引いていると知り、確かに驚いた。けれど、だからといってなにか変わることはない。

(私は昔も、この先も変わらない。白麗霞だ)

答えは得た。

それが舞となって表れる。美しくも気高い、独りの女の舞。

それは息を呑むほど美しく、観客が見とれ、ひれ伏したくなるほどの圧があった。

白麗霞は、自身の内からあふれ出る皇帝の気に気付いていない。

それは無意識であろうとも、たくさんの人間を惹きつけ魅了する。

それはまさしく、天帝に等しい姿であった。

音曲が止めば、自然と周囲から沸き起こる拍手。

こうして奉納演舞は無事に終わった。

舞台の上で、麗霞は静蘭を見つめる。

「とてもよい舞だったわ。これで貴女も私から巣立ってしまうのね」

「静蘭、私は妃にはならないよ」

吹っ切れたような迷いのない表情に、静蘭は目を瞬かせる。

「だって妃になったところで自由がないじゃない。このひと月、雁字搦め（がんじがらめ）の生活でもうこりごりだったんだ」

「それじゃあ貴女はこれからも侍女でいるっていうの？」

「うん。だって、きっと私たちはまた入れ替わる。お互い違う立場のほうが動きやすいこともある。見える世界だって広くなる、でしょう？」

珍しく静蘭はなにもいえずにこくこくと頷いていた。

「……天陽様もきっと、そうお考えだと思うんだ」

そういいながら清々（すがすが）しい表情で天陽を仰ぎ見る麗霞。

そんな彼女を見下ろす天陽に、きっとその言葉は届いていないだろう。

だがなんとなく悲しげな、けれど腑に落ちたような表情を浮かべている彼には麗霞の考えはお見通しだったのかもしれない。

こうして侍女と皇帝、二度目の入れ替わり生活は幕を閉じた。

＊

賑やかな七夕祭りの喧噪(けんそう)から離れ、密(ひそ)かに後宮を去ろうとする者が一人。

「未来は変わったようだね。けれど、まだまだ君の災難は続くだろう、白麗霞。精々楽しませてもらうよ」

にやりと笑いながら姿を消した占術師、笙紫鏡のその後を知る者は誰一人としていなかった。

終○章 身代わり皇帝の災難

「お互い、無事に生き延びられたな」

「ええ。色んなことが起こりすぎて、頭がまだ整理できていないですが」

七夕祭りも終わり、後宮にはまた日常が戻ってきた。

麗霞と天陽も少しずつ日常を取り戻していく中、枢宮の池の前で語らっていた。

あれから、一応無罪放免となった占術師笙紫鏡はいつの間にか後宮を去った。最後まで謎多き人物だった。

「西宮での翠樹の様子はどうだ？」

「よく働いてますよ。西宮では最年少なので皆から妹みたいに可愛がられてます。少し生意気なところもあるけど、きっとあれが本来の彼女なんでしょう」

「そうか。上手くやれているなら良かったよ」

「でも……私を見る目がやたらキツいような……？」

天陽にべったりと忠誠を誓っている反面、元に戻った麗霞にはなにやら敵意を向けてきているような気がしていた。

静蘭は「恋敵とでも思っているんじゃないかしら？」といいながら、翠樹に厳しく接している。二人の犬猿の仲はまだまだ続きそうだ。

「慈雲は一昨日、暁光のもとに帰ったぞ」

「そうですか。せめてお別れくらいいいたかったなあ」

「またいつか顔を出すときには手合わせを、といっていた。其方のせいで私も剣の稽古をしなければいけなくなりそうだ」

「はは……天陽様はもう少し体を鍛えた方がいいと思いますよ」

苦笑を浮かべる麗霞に天陽は面目なさそうに肩を竦めた。

池に太陽の光が反射して水面がきらきらと輝く。

七夕が終わればいよいよ本格的な夏がすぐそこまで迫っていた。

爽やかな風が二人の間を通り過ぎ、芝がざあと揺れる。靡く髪を押さえる麗霞を、天陽はじっと見つめた。

「……麗霞。その、妃の件だが……考え直す気はないか」

「ああ……みんなから『いつ妃になるの!?』なんて毎日しつこく聞かれて。やっぱり私は妃なんて柄じゃないんですよ。たくさん侍女を抱えて宮を守っていくことなんてできないし……私は侍女として毎日働いているのが好きなので」

だからお断りします、と改めて麗霞は頭を下げた。

「そもそも天陽様が舞姫になったのは、命を懸けて陛下を守ろうとする妃様たちを守るためだったのですよね？」

「……そうだ。だが、私の腹の内は違う」

へ、と目を瞬かせる麗霞に天陽は深いため息をついた。

「散々いっているのに、其方は本当に気付かぬのだな、鈍感娘め。人の気も知らないで、この阿呆」

「鈍感娘とか阿呆とか酷くありません!?　天陽様、だんだんお人が変わって――」

話の途中で天陽は麗霞の両肩を摑んだ。

逃がすまいと思い切り力を込める。ひと月、麗霞が鍛えたお陰で想像以上の力が出るようになってしまった。

「あの、天陽様……痛いですよ……？」

「当たり前だ。私は今怒っているのだから」

むっ、とふて腐れながら天陽は麗霞にずいと顔を近づける。

「いいか、はっきりいうぞ。心して聞け」

「は、はい……」

これは逃げられないと観念した麗霞がごくりと息を呑む。

「白(はく)麗霞。私は其方のことを好いて――」

「兄上ええええええええええっ！」

天陽の言葉がかき消された。

驚く麗霞と不満げな天陽。二人揃って声がした方向を見れば、そこには男が一人立っていた。

「其方は——」

「お久しゅう御座います兄上っ！　陽暁光、ただいま馳せ参じました！」

やたらと声が通る明朗快活な青年。

日に焼けた色黒の肌、短い黒髪に筋肉質の長身。獣のような獰猛さを感じさせる切れ長な金の瞳——やけに顔が整った好青年だ。

「慈雲がひと月世話になった礼を兼ねてやってきたのです。兄上を驚かせようと思って慈雲には内密にしてもらっていたのですよ！　直接お会いするのは十年以上ぶりですね！　どうです!?　立派になったでしょう！」

暁光は懐かしそうに天陽の両手を握りぶんぶんと振る。

どうやら散々噂になっていた天陽の異母弟らしいが、明らかに天陽と雰囲気が対照的すぎる。

「下剋上殿下……」

ずっと考えていた心の声が思わず麗霞から零れ出た。

誰が下剋上なんか考えているのやら。反感を持つどころか思いっきり懐いているじゃないか。自分はなにに怯えていたのだと、麗霞は顔を引きつらせる。

「ん……お前は……」

そこでようやく暁光は麗霞の存在に気付いたようだ。

「黒髪に金の瞳……お前、白麗霞だな？」

「は、はあ……」

頭のてっぺんから足の爪先まで、麗霞をじろじろと見つめた暁光はにっと笑う。

「お前が兄上を命を張って守ったという侍女か！　うん、よいぞよいぞ！」

敵意を向けられるかと思えばその反対で、彼は麗霞の腕や背中をばしばしと叩きはじめた。かなり痛い。

「なっ、いきなりなにをするのだ暁光！　失礼だろう！」

「よい体幹、よい筋肉。そしてなにより愛らしい顔だ」

天陽の注意など聞きもせず、よくよく麗霞を観察した暁光はその手を取った。

「喜べ、白麗霞。お前を嫁にしてやろう！」

「――――はあっ!?」

爆弾発言に、天陽と麗霞の声が重なった。

いや、どちらかといえば天陽の声のほうが大きい。

「其方、初対面でなにをいっている!?」

「そ、そうですよ！　いきなり嫁だなんて！」

「……なにを怒っている。だって、お前は『白麗霞』なのだろう？」

不思議そうに首を傾げながら、暁光は懐から一枚の文を取り出し広げてみせた。

「お前、私の見合い相手であろう」

見せられた文を麗霞は思わず奪い取った。

《我が息女麗霞を嫁にもらって頂けないか》

はっきりと書かれた一文。

それは紛れもなく父の字だった。

「はあああああああああああああああああ!?」

枢宮に大絶叫が響き渡った。

白麗霞の災難はまだまだ続きそうである――。

だが、ここで一度物語の幕を閉じよう。

最後に麗霞はいつしか書いていた手紙の続きを思いついた。

父上、色々あって全ての事情を知りました。
父上には一度直接会ってお聞きしなければならないことが山ほどあります。
いつものようにのらりくらり逃げるのは許しませんので。覚悟してください。

敬具

―本書のプロフィール―

本書は書き下ろしです。

小学館文庫

身代わり皇帝の災難
～後宮の侍女ですが、また入れ替わった皇帝の代わりに命を狙われています～

著者　松田詩依

二〇二四年三月十一日　初版第一刷発行

発行人　庄野　樹
発行所　株式会社　小学館
〒一〇一-八〇〇一
東京都千代田区一ツ橋二-三-一
電話　編集〇三-三二三〇-五六一六
販売〇三-五二八一-三五五五
印刷所――――図書印刷株式会社

この文庫の詳しい内容はインターネットで24時間ご覧になれます。
小学館公式ホームページ　https://www.shogakukan.co.jp

ISBN978-4-09-407341-6

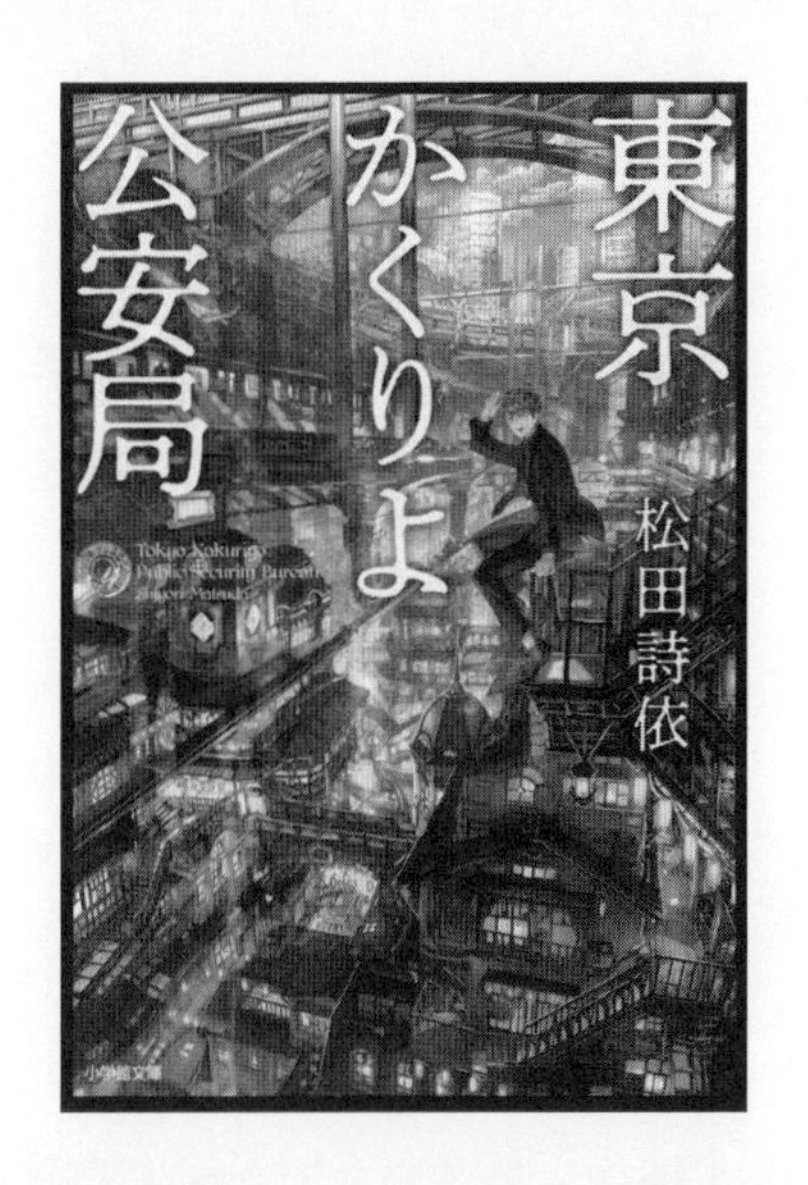

東京かくりよ公安局

松田詩依

イラスト　六七質

満場一致の「アニバーサリー賞」受賞作!!
事故で死にかけた西渕真澄の命を繋いだのは
「こがね」という狐のあやかし。
そこから真澄は東京の地下に広がる、
人ならぬ者たちの街「幽世」と関わることに…。